统编高中语文教科书
指定阅读书系

ERIDUO XUEFENG ZHICE

昌耀 ◎ 著

峨日朵雪峰之侧

长江出版传媒　长江文艺出版社

图书在版编目（CIP）数据

峨日朵雪峰之侧 / 昌耀著.-- 武汉：长江文艺出版社，2019.7（2020.5 重印）
（统编高中语文教科书指定阅读书系）
ISBN 978-7-5702-1115-9

Ⅰ. ①峨… Ⅱ. ①昌… Ⅲ. ①诗集－中国－当代 Ⅳ. ①I227

中国版本图书馆 CIP 数据核字(2019)第 110898 号

责任编辑：谈　骁	责任校对：毛　娟
封面设计：天行云翼·宋晓亮	责任印制：邱　莉　王光兴

出版：长江出版传媒　长江文艺出版社
地址：武汉市雄楚大街 268 号　　邮编：430070
发行：长江文艺出版社
http://www.cjlap.com
印刷：武汉珞珈山学苑印刷有限公司

开本：640 毫米×970 毫米　　1/16　　印张：13　　插页：1 页
版次：2019 年 7 月第 1 版　　2020 年 5 月第 2 次印刷
行数：3600 行

定价：24.00 元

版权所有，盗版必究（举报电话：027—87679308　87679310）
（图书出现印装问题，本社负责调换）

目 录

鹰·雪·牧人 / 1

海翅 / 2

水鸟 / 3

寄语三章 / 4

激流 / 6

群山 / 7

风景 / 8

踏着蚀洞斑驳的岩原 / 9

这是赭黄色的土地 / 10

荒甸 / 11

筏子客 / 12

夜行在西部高原 / 14

我躺着。开拓我吧！/ 15

晨兴：走向土地与牛 / 16

猎户 / 17

影子与我 / 18

八月,是一株金梧桐 / 19

峨日朵雪峰之侧 / 20

天空 / 21

古老的要塞炮 / 22

良宵 / 23

给我如水的丝竹 / 24

断章 / 25

家族 / 28

高原人的篝火 / 29

水手 / 30

红叶 / 31

海头 / 32

冰河期 / 33

美人 / 34

归客 / 35

楼梯 / 36

题古陶 / 37

雕塑 / 38

卖冰糖葫芦者 / 39

慈航 / 40

目 录

春雪 / 61

伞之忆 / 63

山旅 / 64

南曲 / 73

寓言 / 74

怀春者的信束 / 76

早春与节奏 / 77

随笔(审美) / 79

湖畔 / 81

关于云雀 / 82

生命 / 83

鹿的角枝 / 85

日出 / 86

风景:涉水者 / 87

太息(拟古人) / 88

子夜车 / 90

月下 / 91

所思:在西部高原 / 92

在山谷:乡途 / 94

纪历 / 95

河西走廊古意 / 96

在玉门:一个意念 / 97

戈壁纪事 / 98

野桥 / 99

驿途:落日在望 / 101

雪乡 / 102

旷原之野 / 103

山雨 / 109

思(古意) / 110

西行吊古 / 111

芳草天涯 / 112

雄辩 / 113

某夜唐城 / 116

忘形之美:霍去病墓西汉古石刻 / 117

斯人 / 118

意绪 / 119

和鸣之象 / 121

午间热风 / 122

高原夏天的对比色 / 123

人群站立 / 125

钢琴与乐队 / 126

晚钟 / 129

我们无可回归 / 130

田园 / 131

距离 / 132

人间 / 133

黑色灯盏 / 134

在雨季:从黄昏到黎明 / 135

目 录

两个雪山人 / 137

司命 / 138

太阳人的寻找 / 139

躯体与沉默 / 140

淡淡的河 / 141

立在河流 / 142

日落 / 143

诗章 / 144

燔祭 / 149

恓惶 / 156

听到响板 / 157

窗外有雨 / 158

一只鸽子 / 159

惟谁孤寂 / 160

远离都市 / 161

卜者 / 162

故居 / 163

紫金冠 / 165

鹜 / 166

极地民居 / 167

在古原骑车旅行 / 168

陈述 / 169

一片芳草 / 170

雪 / 171

先贤 / 172

黎明中的书案 / 173

谣辞 / 174

西乡 / 175

圣咏 / 178

涉江 / 180

非我 / 181

呼喊的河流 / 182

露天水果市场 / 183

偶像的黄昏 / 184

这夜,额头剧痛 / 185

一幢公寓楼 / 187

拿撒勒人 / 188

痛·怵惕 / 189

怵惕·痛 / 190

圣桑《天鹅》 / 192

烘烤 / 193

晚云的血 / 194

踏春去来 / 195

意义空白 / 196

大街看守 / 197

薄曙:沉重之后的轻松 / 198

享受鹰翔时的快感 / 199

凭吊:旷地中央一座弃屋 / 200

鹰·雪·牧人

鹰,鼓着铅色的风
从冰山的峰顶起飞,
寒冷
自翼鼓上抖落。

在灰白的雾霭
飞鹰消失,
大草原上裸臂的牧人
横身探出马刀,
品尝了
初雪的滋味。

1956.11.23 于兴海县阿曲乎草原

海　翅

朋友，感谢你给我寄来一角残破的海帆。
是海的翅膀。是风干的皮肉。是漂白的血。
是撕裂的灵旗。是飘逸的魂。
是不死的灰。是暴风之凝华。
是呐喊的残迹。是梦的薄膜。
是远祖神话的最新拷贝。
感谢你给我寄来一角残破的海帆。
可信风平月静的子夜，
海上不再只有垂泪的龙女。

1957. 7. 31

水　鸟

水鸟啊,
你飞越于浪花之上,
栖息于危石之巅,
在涡流溅泼中呼吸,
于雷霆隆隆中展翅。
失去这波涛,
你会像离群之马一样感到寂寞。
你遗落的每一根羽毛,
都给人那奔流的气息,
叫人想起那磅礴的涛声
和那顽石上哗然的拍击……

1957. 8. 20——21

寄语三章

1

地平线上那轰隆隆的车队
那满载钢筋水泥原木的车队以未可抑制的迅猛
泼辣辣而来,又泼辣辣而去,
轮胎深深地划破这泥土。
大地啊,你不是早就渴望这热切的爱情?

1957. 10. 28

2

在他的眉梢,在他的肩项和肌块突起的
前胸,铁的火屑如花怒放,
而他自锻砧更凌厉地抡响了铁锤。
他以铁一般铮铮的灵肉与火魂共舞。

1957. 11. 25

3

披着鳞光瑞气
浩浩漭漭轰轰烈烈铺天盖地朝我腾飞而来者
是古之大河。怦怦然心动。
而于瑞气鳞光之中咏者歌者并手舞足蹈者则一河的子孙。

1957.11.26

激　流

激流
带着雪谷的凉意以一路浩波抛下九曲连环，
为原野壮色为大山图影为征夫洗尘为英雄挥泪。
沿着黄河我听见跫跫足音，
感觉在我生命的深层早注有一滴黄河的精血。

海螺声声
是立在屋脊的黄河子民对东方太阳热烈传呼。

1957. 11. 19 星期二

群 山

我怀疑：
这高原的群山莫不是被石化了的太古庞然巨兽？
当我穿越大山峡谷总希冀它们猝然复苏，
抬头啸然一声，随我对我们红色的生活
作一次惊愕地眺视。

1957. 12. 7

风　景

白雪
铺展在冻结的河湾
有春水之流状。

小院墙头，祈福者
供奉在腊八时节的冰体
却袒露着闪烁的笑。
而那些老瘦的白杨
在峪口相对默然。

牧人说：我们驯冶的龙驹
已啸聚在西海的封冰，
在灼人的冷光中
正借千里明镜举足练步。

1957. 12. 21

踏着蚀洞斑驳的岩原

踏着蚀洞斑驳的岩原
我到草原去……

午时的阳光以直角投射到这块舒展的
甲壳。寸草不生。老鹰的掠影
像一片飘来的阔叶
斜扫过这金属般凝固的铸体，
消失于远方岩表的反照，
遁去如骑士。

在我之前不远有一匹跛行的瘦马。
听它一步步落下的蹄足
沉重有如恋人之咯血。

1961 年

这是赭黄色的土地

这土地是赭黄色的。

有如它的享有者那样成熟的
玉蜀黍般光亮的肤色,
这土地是赭黄色的。
不错,这是赭黄色的土地,
有如象牙般的坚实、致密和华贵,
经受得了最沉重的爱情的磨砺。

……这是象牙般可雕的
土地啊!

1961 年初稿

荒 甸

我不走了。
这里，有无垠的处女地。

我在这里躺下，伸开疲惫了的双腿，
等待着大熊星座像一株张灯结彩的藤萝，
从北方的地平线伸展出它的繁枝茂叶。
而我的诗稿要像一张张光谱扫描出——
这夜夕的色彩，这篝火，这荒甸的
情窦初开的磷光……

1961 年

筏子客

落日。
辉煌的河岸。
一个辉煌的背影：

　　皮筏——
　　和扛着皮筏的筏子客。

跋涉于归途，
忘却了鱼的飞翔，
　　　水的凌厉。
与激流拼命周旋，
原是为的崖畔
那一扇窗口。那里
有一朵盛开的
牡丹。

当圆月升起，我看到

峨日朵雪峰之侧

一个托举着皮筏的男子
走向山巅辉煌的小屋。

1961年夏初写

1981.9.2重写

夜行在西部高原

夜行在西部高原
我从来不曾觉得孤独。

——低低的熏烟
被牧羊狗所看护。
有成熟的泥土的气味儿。
不时,我看见大山的绝壁
推开一扇窗洞,像夜的
樱桃小口,要对我说些什么,
蓦地又沉默不语了。
我猜想是乳儿的母亲
点燃窗台上的油灯,
过后又忽地吹灭了……

1961 年初稿

峨日朵雪峰之侧

我躺着。 开拓我吧!

我躺着。开拓我吧!我就是这荒土
我就是这岩层,这河床……开拓我吧!我将
给你最豪华、最繁富、最具魔力之色彩。
储存你那无可发泄的精力:请随意驰骋。我要
给你那旋动的车轮以充实的快感。
而我已满足地喘息、微笑
又不无阵痛。

1962. 2

晨兴： 走向土地与牛

劳动者
无梦的睡眠是美好的。
富有好梦的劳动者的睡眠不亦同样美好？

但从睡眠中醒来了的劳动者自己更美好。
走向土地与牛的那个早起的劳动者更美好。

1962.3 初稿

猎 户

从四面八方,我们麇集在一起:
为了这夜色中的聚餐。
篝火,燃烧着。
我们壮实的肌体散发着奶的膻香。

一个青年姗姗来迟,他掮来一只野牛的巨头,
双手把住乌黑的弯角架在火上烤炙。
油烟腾起,照亮他腕上一副精巧的象牙手镯。
我们,
幸福地笑了。
只有帐篷旁边那个守着猎狗的牧女羞涩回首
吮吸一朵野玫瑰的芳香……

1962.3.5——4.21

影子与我

我恋慕我的身影:
黧黑的他,更易遭受粗鄙讹诈。
看哪,我保护他。与其共衰荣。
只有我准确地辨析他的体线。
他的躯干黑棕榈般端庄。
我陪伴他常年走在高山雪野。在风中
与他时时沐浴湍流,洗去世俗尘垢。
当我点燃锻炉,朝铁砧重重抡起锻锤,
在铁屑迸射释出的星火
他抽搐,瞬刻拉长体躯,像放声的笑,
像躲藏的谜底,倒向四壁,为光华倾泻
而兴奋得陡然苍白。

1962. 5. 15

八月，是一株金梧桐

八月，是一株金梧桐，
金凤凰在上面唱歌。八月
将最广阔的空间留给金色的
成熟。

1962.8.1

峨日朵雪峰之侧

这是我此刻仅能征服的高度了：
我小心翼翼探出前额，
惊异于薄壁那边
朝向峨日朵之雪彷徨许久的太阳
正决然跃入一片引力无穷的山海。
石砾不时滑坡引动棕色深渊自上而下一派嚣鸣，
像军旅远去的喊杀声。我的指关节铆钉一般
楔入巨石罅隙。血滴，从脚下撕裂的鞋底渗出。
啊，此刻真渴望有一只雄鹰或雪豹与我为伍。
在锈蚀的岩壁但有一只小得可怜的蜘蛛
与我一同默享着这大自然赐予的
快慰。

1962.8.2

天 空

这柔美的天空
是以奶汁洗涤
而山麓的烟囱群以屋顶为垄亩:
是和平与爱的混交林。

……骒马
在雪线近旁啮食,
以审度的神态朝我睨视。

——此刻,谁会为之不悦?

1962.8.6 初稿

古老的要塞炮

古老的要塞炮
只是一个关于历史的久远的回忆?

在万籁俱寂的夜里
我看见魁梧的种族倚着炮身
仅闭拢一只眼睛休憩。

1962.8.6

峨日朵雪峰之侧

良 宵

放逐的诗人啊
这良宵是属于你的吗?
这新嫁娘的柔情蜜意的夜是属于你的吗?
这在山岳、涛声和午夜钟楼流动的夜
是属于你的吗? 这使月光下的花苞
如小天鹅徐徐展翅的夜是属于你的吗?
不,今夜没有月光,没有花朵,也没有天鹅,
我的手指染着细雨和青草气息,
但即使是这样的雨夜也完全是属于你的吗?
是的,全部属于我。
但不要以为我的爱情已生满菌斑,
我从空气摄取养料,经由阳光提取钙质,
我的须髭如同箭毛,
而我的爱情却如夜色一样羞涩。
啊,你自夜中与我对语的朋友
请递给我十指纤纤的你的素手。

1962.9.14 于祁连山

给我如水的丝竹

我渴,给我如水的丝竹之颤动,盲者!
我渴,给我如瀑跌宕的男低音,盲者!
惟有你能理解我的焦渴之称为焦渴!

我也是一个流浪汉。
我的肤体有冰山的擦痕。
我的衣袍有篝火的熏香。
我的瞳孔有钻石的结晶。

天黑了,是你汩汩泉籁指引了病热的我。
我摸索着踏进你深深的眼窝,你无须发觉。
而当你做一声吟哦,风悄息。
我重又享有丝竹那如水的爽洁。

我是一个渴饮的人。
盲者,请给我水。请给我如水滋补的教诲。

1962 年秋天

断　章

1

我成长。
我的眉额显示出思辨的光泽。
荒原注意到了一个走来的强男子。

2

我喜欢望山。望着山的顶巅,
我为说不确切的缘由而长久激动。
而无所措。
有时也落落寡合:
当薄暮我投宿苍茫的滩头,
那只名叫天禄的石兽面带悻悻笑意,
嘲弄我对你的红爱出于迂执……

3

石崖。一座钟鼎形熔岩,
结满石核的累累果实……
这该是我的图腾柱。
我扭动细腰,虔诚地抚摸。从这凹凸中
我以多茧的双手拼读大河砰然的轰鸣,
胸腔复唤起摇撼的风涛。

4

没有篝火。云层
如金箔发出破空的骁奡。

这样寒冷的夜……
但即使在这样寒冷的夜
我仍旧感觉得到我所景仰的这座岩石,
这岩石上锥立的我正随山河大地做圆形运动,
投向浩渺宇宙。
感觉到日光就在前面蒸腾。

5

炊烟的微粒在无风中静止。
我潜泳的身子如激流孳养的昆布……
此时，我才完全享有置身巨人怀抱的安详。

1962年

家　族

这块土地
被造化所雕刻……
我们被这土地所雕刻。
是北部古老森林的义子。
鹰，在松上止栖。
我们在松下成长。
父兄的弓刀悬挂在枝干，
树墩是一部真实的书。
卧倒在绵软的松苔，
我们就禁不住要怀念母亲的摇篮。
我们用松节照亮蹊径。
以常青的绿枝扎起节日的牌楼。
深埋地层的琥珀却是古代一次灾变的赠品。

我们在这里。我们
是这块土地的家族，
被自己的土地所造化。

1962. 10. 19 初稿

高原人的篝火

高原人的篝火红似珊瑚枝,艳若牡丹花,
动若壮士起舞,静如少女沉吟。
高原人的篝火燃在最高的山顶烧在最深的河谷,
以最动人的形象报道牧人家园,
而伴着熠熠星光嘱咐上路来客莫忘携带笛管。

1963. 7. 5

水 手

> 某渡口,一位水手这样对我说——

来吧,跟我们到水上来吧,
水上正为战士击打着锣鼓!
你看我们的皮肤带着江河的水腥。
你看我们的头发挂着水底的游丝。
你看我们的眼瞳藏着礁石的狰狞。
你看我们的胸脯浮着烟水的幻影。
你看我们的脉搏还悸动着激流的鼓噪。……
来吧,勇敢的人。
既然我们是战士。

1963. 7. 13

红 叶

十月的秋叶红似旄头缨穗。

红似映山杜鹃。

望得归人心热。

而今又是啼血秋叶照归人。

人归何处。

1963.11.6

海 头

海头戈壁
古事千年如水。
驼峰,
马背,
尽付与了黄沙。
传奇人物今在南山一带
赤脚追赶昆仑红日。

1967.12.19

冰河期

那年头黄河的涛声被寒云紧锁,
巨人沉默了。白头的日子。我们千唤
不得一应。

在白头的日子我看见岸边的水手削制桨叶了,
如在温习他们黄金般的吆喝。

1979.1.7

美 人

篱笆旁,一个乡村的美人。
她默默地脱下草帽,
拿在手中,摆弄如一轮金月,若有所思。
那里,垂落在她弹性的胸脯,
两根藤萝般粗实的发辫,
闪着油腻欲滴的光……
为什么我要羞涩?
为什么要否认进入心中的美感?
却习惯于偷偷地斜睇!

1979.9.23

归 客

他走出来的那个处所,不是禅房。不是花室。
为着必然的历史,他佩戴铁的锁环枯守栅栏
戏看蚂蚁筑巢二十余秋。自那伊始
他忌讳鸟笼、鱼缸及与幽囚有关名物。
为着历史的必然他终又回到阳光下面。
困对花圈与烛。

1979.10.26

楼 梯

睡梦里总有熟稔的皮靴踏蹬回肠九曲的楼梯
步步高,直敲响神秘的穹空如同重重地锤击。
蓦地醒觉,疏影寥落,
却不见夜客归来。

灵魂该也不朽。那么楼梯就是一页乐谱了,
为怀人夜夜奏响《安魂》。

1980. 2. 16

峨日朵雪峰之侧

题古陶

是燧火留下的赠品。
是孕育过文明的胎盘。

我将它托在掌心,
似乎觉得那七千年前的高山流水,
载着几声林中石斧的钝音
和弓弦上骨镞的流响,
正从陶罐里溢出,
流经我的指间……
我似乎看到神农氏的娇女
忧郁地告我以生活的艰辛。

1980. 1. 19

雕 塑

像一个

七十五度倾角的十字架

——他，稳住了支点，

挺直脖颈，牵引身后的重车。

力的韧带，

把他的躯体

展延成一支——

向前欲发的闷箭……

——历史的长途，

正是如此多情地

　　留下了先行者的雕塑。

1980. 1. 28

卖冰糖葫芦者

他理解——
人们对春意的期望，
才将火红的山楂
剪作一串甜蜜的蓓蕾，
绽放在扎靶。
于是，早春的集市
多了一树裹着冰甲的红梅。

1980.1.29

慈　航

1　爱与死

是的，在善恶的角力中
爱的繁衍与生殖
比死亡的戕残更古老、
　　　　　更勇武百倍。

我，就是这样一部行动的情书。

我不理解遗忘。
也不习惯麻木。
我不时展示状如兰花的五指
朝向空阔弹去——
触痛了的是回声。

然而，

只是为了再听一次失道者

败北的消息

我才拨动这支

命题古老的琴曲？

  在善恶的角力中

   爱的繁衍与生殖

比死亡的戕残更古老、

     更勇武百倍。

2　记忆中的荒原

摘掉荆冠

他从荒原踏来，

重新领有自己的运命。

眺望旷野里

气象哨

雪白的柱顶

横卧着一支安详的箭镞……

但是，

在那不朽的荒原——

不朽的

那在疏松的土丘之后竖起前肢

独对寂寞吹奏东风的旱獭

是他昨天的影子？

不朽的——

那在高空的游丝下面冲决气旋

带箭失落于昏溟的大雁、

那在闷热的刺棵丛里伸长脖颈

手持石器追食着蜥蜴的万物之灵

      是他昨天的影子？

在不朽的荒原。

在荒原不朽的暗夜。

在暗夜浮动的旋梯——

  那烦躁不安闪烁而过的红狐、

  那惊犹未定倏忽隐遁的黄鼬、

  那来去无踪的鸥鹈、

  那旷野猫、

  那鹿麂、

  那磷光、

  ……可是他昨天的影子？

我不理解遗忘。

当我回首山关，

夕阳里覆满五色翎毛，

——是一座座惜春的花冢。

3　彼　岸

于是，他听到了。

听到了土伯特人沉默的彼岸
大经轮在大慈大悲中转动叶片。
他听到破裂的木筏划出最后一声
长泣。

当横扫一切的暴风
将灯塔沉入海底，
旋涡与贪婪达成默契，
彼方醒着的这一片良知
是他惟一的生之涯岸。

他在这里脱去垢辱的黑衣，
留在埠头让时光漂洗，
把遍体流血的伤口
裸陈于女性吹拂的轻风——
是那个以手背遮羞的处女
解下袍襟的荷包，为他
献出护身的香草……

    在善恶的角力中，
      爱的繁衍与生殖
    比死亡的戕残更古老、
           更勇武百倍！

是的，
当那个老人临去天国之际
是这样召见了自己的爱女和家族：
　　"听吧，你们当和睦共处。
　　他是你们的亲人、
　　你们的兄弟，
　　是我的朋友，和
　　　　——儿子！"

4　众　神

再生的微笑
是劫余后的明月。
我把微笑的明月
寄给那个年代
良知不灭的百姓。
寄给弃绝姓氏的部族。
寄给不留墓冢的属群。
那些占有马背的人，
那些敬畏鱼虫的人，
那些酷爱酒瓶的人，
那些围着篝火群舞的，
那些卵育了草原、耕作牧歌的，
　　　　猛兽的征服者，

　　　　飞禽的施主,
　　　　　炊烟的鉴赏家,
　　　　大自然宠幸的自由民,
是我追随的偶像。

——众神!众神!
众神当是你们!

5　众神的宠偶

这微笑
是我缥缈的哈达
寄给天地交合的夹角
生命傲然的船桅。
寄给灵魂的保姆。
寄给你——
　　草原的小母亲。

此刻
星光之曲
又从寰宇
向我散发出
有如儿童肤体的乳香;
黎明的花枝

为我在欢快中张扬,
破译出那泥土绝密的哑语。

你哟,踮起赤裸的足尖
正把奶渣晾晒在高台。
靠近你肩头,
婴儿的内衣在门前的细枝
以旗帜的亢奋
解说万古的箴言。
墙壁贴满的牛粪饼块
是你手制的象形字模。
轻轻摘下这迷人的辞藻,
你回身交给归来的郎君,
托他送往灶坑去库藏。
 (我看到你忽闪的睫毛
  似同稞麦含笑之芒针;
  我记得你冷凝的沉默
  曾是电极触发之弧光。)

那个夜晚,正是他
向你贸然走去。
向着你贞洁的妙龄,
向着你梦求的摇篮,
向着你心甘的苦果……

带着不可更改的渴望或哀悼，

他比死亡更无畏——

他走向彼岸，

走向你

　　众神的宠偶！

6　邂　逅

他独坐裸原。

脚边，流星的碎片尚留有天火的热吻。

背后，大自然虚构的河床——

鱼贝和海藻的精灵

从泥盆纪脱颖而出，

追戏于这日光幻变之水。

没有墓冢。

鹰的天空

交织着钻石多棱的射线。

直到那时，他才看到你从仙山驰来。

奔马的四蹄陡然在路边站定。

花蕊一齐摆动，为你

摇响了五月的铃铎。

——不悦么，旷野的郡主？

……但前方是否有村落？

他无须隐讳那些阴暗的故事、

那些镀金的骗局、那些……童话。

他会告诉你有过那疯狂的一瞬——

有过那春季里的严冬：

    冷酷的纸帽、

    癫醉的棍棒、

    嗜血的猫狗……

天下奇寒，雏鸟

在暗夜里敲不醒一扇

庇身的门窦。

他会告诉你：为了光明再现的柯枝，

必然的妖风终将啼鸟和西天的羊群一同

裹挟……

而所在羁留的那个古老的山岬，

原本是山神的祭坛。

秋气之中，间或可闻天鹅的呼唤，

雪原上偶尔留下

白唇鹿的请柬，

——那里原是一个好地方。……

 …………

 …………

黄昏来了，

宁静而柔和。
土伯特女儿墨黑的葡萄在星光下思索,
似乎向他表示:

   ——我懂。

   我献与。

   我笃行……

那从上方凝视他的两汪清波
不再飞起迟疑的鸟翼。

7 慈 航

花园里面的花喜鹊
花园外面的孔雀

        ——本土情歌

于是,她赧然一笑,
从花径召回巡守的家犬,
将红绡拉过肩头,
向这不速之客暗示:

  ——那么,
  把我的鞍辔送给你呢
     好不好?
  把我的马驹送给你呢

　　　　　好不好？
　　把我的帐幕送给你呢
　　　　　好不好？
　　把我的香草送给你呢
　　　　　好不好？……

美啊，——
黄昏里放射的银耳环，
人类良知的最古老的战利品！
是的，在善恶的角力中
爱的繁衍与生殖
比死亡的戕残更古老、
更勇武百倍！

8　净　土

雪线……
那最后的银峰超凡脱俗，
成为蓝天晶莹的岛屿
归属寂寞的雪豹逡巡。
而在山麓，却是大地绿色的盆盂，
昆虫在那里扇动翅翼
梭织多彩的流风。
牧人走了，拆去帐幕，

将灶群寄存给疲惫了的牧场。
那粪火的青烟似乎还在召唤发酵罐中的
曲香，和兽皮褥垫下肤体的烘热……

在外人不易知晓的河谷，
已支起了牧人的夏宫，
土伯特人卷发的婴儿好似袋鼠
从母亲的袍襟探出头来，
诧异眼前刚刚组合的村落。

……一头花鹿冲向断崖，
扭作半个轻柔的金环，
瞬间随同落日消散。
而远方送来了男性的吆喝，
那吐自丹田的音韵，久久
随着疾去的蹄声在深山传递。
高山大谷里这些乐天的子民
护佑着那异方的来客，
以他们固有的旷达
决不屈就于那些强加的忧患
　　　　和令人气闷的荣辱。

这里是良知的净土。

9　净　土（之二）

……而在白昼的背后
是灿烂的群星。

升起了成人的诱梦曲。
筋骨完成了劳动的日课，
此刻不再做神圣的醉舞。
杵杆，和奶油搅拌桶
最后也熄火了象牙的华彩。

沿着河边
无声的栅栏——
九十九头牦牛以精确的等距
缓步横贯茸茸的山阜，
如同一列游走的
堞堡。

灶膛还醒着。
火光撩逗下的肉体
无须在梦中羞闭自己的贝壳。
这些高度完美的艺术品
正像他们无羁的灵魂一样裸露

承受着夜的抚慰。

——生之留恋将永恒、永恒……

但在墨绿的林莽,
下山虎栖止于断崖,
再也克制不了难熬的孤独,
飞身擦过刺藤。
寄生的群蝇
从虎背拖出了一道噼啪的火花,
急忙又——
  追寻它们的宿主……

10　沐　礼

他是待娶的"新娘"了!

在这良宵
为了那个老人临终的嘱托,
为了爱的最后之媾合,
他敧立在红毡毯。
一个牧羊妇捧起熏沐的香炉
蹲伏在他的足边,
轻轻朝他吹去圣洁的

柏烟。

一切无情。

一切含情。

慧眼

正宁静地审度

他微妙的内心。

心旌摇荡。

窗隙里，徐徐飘过

三十多个祈福的除夕……

烛台遥远了。

迎面而来——

他看到喜马拉雅丛林

燃起一团光明的瀑雨。

而在这虚照之中潜行

是万千条挽动经轮的纤绳……

他回答：

——"我理解。

　我亦情愿。"

迎亲的使者

已将他扶上披红的征鞍，

一路穿越高山冰坂，和

激流的峡谷。

吉庆的火堆

也已为他在日出之前点燃。

在一处石砌的门楼他翻身下马,

踏稳那一方

特为他投来的羊皮。

就从这坚实的舟楫,

怀着对一切偏见的憎恶

和对美与善的盟誓,

他毅然跃过了门前守护神狞厉的

火舌。

……然后

才是豪饮的金盏。

是燃烧的水。

是花堂的酥油灯。

11　爱的史书

…………

…………

在不朽的荒原。

在荒原那个黎明的前夕,

有一头难产的母牛
独卧在冻土。
冷风萧萧,
只有一个路经这里的流浪汉
看到那求助的双眼
饱含了两颗痛楚的泪珠。
只有他理解这泪珠特定的象征。
　　——是时候了:
　　该出生的一定要出生!
　　该速朽的必定得速朽!
他在绳结上读着这个日子。
那里,有一双佩戴玉镯的手臂
将指掌抠进黑夜模拟的厚壁,
绞紧的辫发
搓揉出蕴积的电火。

在那不见青灯的旷野,
一个婴儿降落了。

笑了的流浪汉
读着这个日子,潜行在不朽的
荒原。

　　——你啊,大漠的居士,笑了的

流浪汉，既然你是诸种元素的衍生物，
既然你是基本粒子的聚合体，
面对物质变幻无涯的迷宫，
你似乎不应忧患，
　　　也无须欣喜。
你或许
曾属于一只
卧在史前排卵的昆虫；
你或许曾属于一滴
熔落古鼎享神的
浮脂。

设想你业已氧化的前生
织成了大礼服上传世的绶带；
期望你此生待朽的骨骸
可育作沙洲一株啸傲的红柳。
你应无穷的古老，超然时空之上；
你应无穷的年轻，占有不尽的未来。
你属于这宏观整体中的既不可多得、
也不该减少的总和。

你是风雨雷电合乎逻辑的选择。
你只当再现在这特定时空相交的一点。
但你毕竟是这星体赋予了感官的生物。

是岁月有意孕成的琴键。

为了遗传基因尚未透露的丑恶,
为了生命耐力创纪录的拼搏,
你既是牺牲品,又是享有者,
你既是苦行僧,又是欢乐佛。
…………
…………

是的,在善恶的角力中
爱的繁衍与生殖
比死亡的戕残更古老、
　　　　更勇武百倍!

12　极乐界

当春光
与孵卵器一同成熟,
草叶,也啄破了严冬的薄壳。
这准确的信息岂是愚人的谵妄!

万物本蕴涵着无尽的奥秘:
地幔由运动而蠢起山岳。
生命的晕环敢与日冕媲美。

原子的组合在微观中自成星系。
芳草把层层色彩托出泥土。
刺猬披一身锐利的箭镞……

当大道为花圈的行列开放绿灯,
另有一支仅存姓名的队伍在影子里
行进。
　　是时候了。
　　该复活的已复活。
　　该出生的已出生。

而他——
摘掉荆冠
从荒原踏来,
走向每一面帐幕。
他忘不了那雪山,那香炉,那孔雀翎。
他忘不了孔雀翎上那众多的眼睛。
他已属于那一片天空。
他已属于那一方热土。
他应是那里的一个没有玉笏的侍臣。

而我,
展示状如兰花的五指
重又叩响虚空中的回声,

听一次失道者败北的消息,
也是同样地忘怀不了那一切。

　　是的,将永远、永远——
　　爱的繁衍与生殖
　　比死亡的戕残更古老、
　　　　　更勇武百倍!

1980.2.9—1981.6.25

春　雪

1

投身到土地的怀抱，
它也就安宁了。

2

是漫天银币的微笑。
只有绿叶才能捕捉。

3

种子的胚房在喧哗。

4

屋角的犁头在躁动不安。

5

飘然落在少女睫毛上的那一吻,
瞬间变作一滴喜悦的泪。

6

早晨还是晶粒,
中午已酿成玉液。

听不见泥土的醉歌吗?

1980. 2. 17

伞之忆

三十年一笑,有微风吹湿的红唇:
木屐踏归,绿伞朝我斜向着撑开。
梦夏早已几回霜降,而这片荷叶总浮在心潮
常葆鲜绿。

1980.5.23

山　旅
——对于山河、历史和人民的印象

1

我，在记忆里游牧，寻找岁月
那一片失却了的水草……

不堪善意的劝告，我定要
拨开那历史的苦雨凄风，
求解命运怪异莫测的彗星：
履白山黑水而走马，
渡险滩薄冰以幻游。

而把我的相思、沉吟和祝福
寄予这一方曾叫我安身立命的
故土。

2

像一个亡命徒，凭借夜色
我牵着跛马，已是趱行在万山的通衢，挺身
猛兽出没的林莽，扪摸着高山苔藓寄生的峭岩，
弓着背脊小心翼翼越过那些云中的街市、
　　　　半坡的鸟道、
　　　　地下的阴河……
二十多个如水的春秋正是在那里流失，
只余回声点滴。

我看到山腰早被遗弃的土高炉
像一群古堡的剪影守望在峪口，
而勾起我阵阵悲烈情怀。
山底，铁矿石的堆积已为无情之风雨
化作齑粉，掩没在草径，让马蹄打着趔趄。
而路口哨亭空有半堵颓垣残壁，
虫鸣声里疏疏月影。

都去了：
黄金般的岁华，黄金般的血汗，黄金般的
浪漫曲。换来多少惋惜？
只今，惟独南天雪峰依然，

好似武士高举之盾牌闪射着金属的光泽。
好似少女的一部膀臂映透薄纱袅娜可人。
好似遥挂在天边的迷灯冷光莹莹。

但是,我认识自己的路。
我终究是这穷乡僻壤——爱的奴仆。

3

青春常与红颜做伴,
诗之梦总留予处子童心,
这世间一切的珍重难于为人生永驻。
明日,我将也皤然白发。

但是你寄存在这大山之后的记忆
却不纯是属于我个人的文物。
却不纯是属于我心灵的私产。
哪怕是我感知世事前初尝的苦果,
哪怕是我披览人生后乍来的失恋,
哪怕是我撒落在泥泞的一片红叶、
　　　一瓣足迹、
　　　一线希冀……
都如地质时代生成于灾变的琥珀
同等可考。

4

啊,边陲的山,
正是你闭塞一角的风云,
造就我心胸的块垒峥嵘。
正是你胶黏无华的乡土,
催发我情愫的粗放不修。
这山野的夜色曾是处处点缀着青蓝的炉火,
暗红的熔渣照亮过人们焦盼幸福的眸子。
冶炼场地赤身裸体的大力士
正是以膀臂组合的连杆推动原始的风叶板,
日日夜夜高奏火的颂歌。像是扳桨的船工,
把全副身心全托付给船尾的舵手,
而在一派轰隆声里成就生死搏斗之大业。
谁能怀疑战士的赤诚?
他们过早地去了,
村头壁画丰收的麦穗,只是梦中的佳禾
挽留不住年轻的生命……

我,属于流放的一群。
曾经蜷缩在这山地的一间陶器作坊,
默默转动制坯的钧盘,而把美的寄托
赋予一只只泥盆。曾经

我们迎着风暴齐立冰山雪岭,
剥取岩芯的石棉,心底
却为破损的希冀纺出补织的韧丝。
…………

…………

心血的潮汐,传布着深山迢远的召唤。
回首功过是非,荣辱贵贱,我常泪眼迷蒙。
实在,我不配踏勘这历史的崎岖。
也不善凭吊这岁月的碑林。
我易于感伤。而对于泪水,人们总是讳莫如深。
只有当我梦回这群峰壁立的姿色,
重温这高山草甸间民风之拙朴,
我才得享有另一层蜜意柔情……

5

这——
是被称为荒蛮的一角。
亘古以来,大山崚嶒的体魄和逼人的寒光,
堵塞了这一方的半边天宇,赫赫然,伟哉,
而拒斥人众与之亲昵。只有大胆的叛逆
才得叩开这幽闭的关隘,潜入深锁的门庭
借水草丰美的一隅养儿育女。
这是被称为野性的土地。

峨日朵雪峰之侧

我记得阴晴莫测的夏夜,
月影恍惚,山之族在云中漫游。
它们峨冠高耸,宽袍大袖窸窣有声,
而神秘的笑谑却化作一串隆隆,
播向不可知的远方。
转瞬,冰凉的雨滴已是悄然袭来,
闪电的青光像是一条扭曲的银蛇,
从山中骑者那惊马的前蹄掠过,
向河谷遁去。随着一声雷殛,崖畔的老柏
化作了一道通天火柱。暴发的山洪
却早已挟裹着滚木礌石而下,从壑口夺路。
燃烧的树,
为这洪流秉烛。

我也记得夏日牛虻肆虐的正午,
那黑色的飞阵卷起死亡的啸吼越过草泽林莽
忍将逃生的马驹直逐下万丈悬崖。
我记得暮春的白雪自高空驾临的气概:
霎时间,天地失去生命的绿。
子夜,却是雪霁月明,另具一种幽雅。
高山的雪豹长号着
在深谷里出动了。
冷雾中飘忽着它磷质的灯。

那灵巧的身子有如软缎，
只轻轻一抖，便跃抵河中漂浮的冰排，
而后攀上对岸铜绿斑驳的绝壁。
黑河，在它脚下
唱一支粗犷的歌
向北折去……

6

一切都叫人难于忘怀：
那经幡飘摇的牛毛帐幕，
那神灯明灭的黄铜祭器，
那板结在草原深层的部落遗烬……
展示着一种普遍
而不可否认的绝对存在：人民。
我十分地爱慕这异方的言语了。
而将自己的归宿定位在这山野的民族。
而成为北国天骄的赘婿。

多少年过去了，
我总是记得紫曦初萌的地平线，
美丽的琵琶犁有如惊蛰的甲虫扒开沃壤
在春雪里展翅。而播种者们修长的手臂
向天空划出了一个个光的弧圈，

撒出一把把绿的胎胚……

我忘不了她们装饰在衣袍后背的银质蜗牛。

我忘不了她们感情沉重的春之舞……

7

有比马的沉默更使人感动的吗？

没有风。一线古铜色的云彩停留在天边，

像是碇泊在海上的战舰。

蓦然，一声悠长的颤音由远而近，消失了。

消失了……这大自然迷离的音响。

暮色渐臻浓郁。但是，看哪——

我的沉默的伴侣还是无动于心，

仍自将秀丽的长尾垂拂在几茎荒草。

是在思索？

是在期待？

是在悔恨？

似乎叱咤也不复使其抖擞。

似乎雷霆亦不复使其感奋。

在其扎立的耳壑正回荡着一代英雄的勋绩

和使少年人热血沸腾的剑器之铿鸣。

…………

…………

时间的永恒序列

不会是运动的机械延续,

不会是生命的无谓耗燃,

而是世代传承的朝向美善的远征。

前方的跫音快将零落。

但是,我认识自己的路。

该不是夜幕上雷火的曳光?该不是山之魂?

我看到月明的天空扫过一道无声的闪电,

像是山民的哑笑。像是吉祥的征兆。

但是,我们认识自己的路。

1980. 5. 11——8. 15

南　曲

借冰山的玉笔，
写南国的江湖：
游子，太神往于那
故乡的篙橹，和
岸边的芭蕉林了。

然而，难道不是昆仑的雄风
雕琢了南方多彩的霜花，
才装饰了少年人憧憬的窗镜？

我是一株
　　化归于北土的金橘，
纵使结不出甜美的果，
却愿发几枝青翠的叶，
裹一身含笑的朝露。

1980.7.13

寓　言

我平生最痛恨苍蝇,
我恨得疯狂。
那一天倚着南窗,
当我正在吸吮
　　《草叶集》的芬芳,
我误杀了一只蜜蜂,
一位来自百花村的姑娘。

忧伤地
这只金黄的小生命
跌落在我手中的书卷,
新鲜的花粉
溢出它那小小的吊篮。
当垂亡的片刻,
它仍在怀念它甜蜜的车间,
念叨它孤寂的君王,
最后一次鼓起鳞翅

留恋而痛楚地拨动

  阳光赐给它的琴弦。

——那歌儿,是爱的痉挛……

          1980. 10. 17 正午

怀春者的信柬

我是昨日高山的冻泉：
曾为情思深闭而苦痛。
曾因积久的缄默而喑哑。

……且别笑：
玉棉剥尽，
西风吹去——
乃是一束束
    怀春者的信柬。

1980.10.25 夜半

早春与节奏

1

黎明。在大道。两支大军:
出殡行列黑潮般东来。
迎亲队伍花汛般西去。
夹峙在晨昏交合的岔路口默承吉凶暗示,
听生与死的二重奏……

狡黠的幽默。

2

万千部梭织在晨光的引擎
又何曾稍怠于对春的潮动?
绷紧的窗洞却在图谋窝藏昨夕的虐雪。
而求卜者当众揭开一个黑桃谜底。

这个早春集中了太多欲念、暗伤、焦虑。
但是你无法不期待春的福音。

3

返回大道的时候仍复阴差阳错:
黑潮于是东来……
花汛于是西去……
晨昏交会。

在红霞苦战过的海滨
请为孩子捎回两三只小螺号。

1981.1—6

随笔（审美）

1

　　走过了人生的许多港口。
　　作为一个无产者，
　　广告牌上厂商花哨的噱头
　　在我的眼底，最终
　　只铺下了一层跳动的红绿；
　　我却更钟情于那一处乡渡：
　　　　　　漫天飞雪、
　　　　　　几声篙橹、
　　　　　　一盏风灯……

2

　　使我愧疚：
　　我已历经不少磨练。

几曾——

从一个熔炉投向另一个熔炉;

从一部铁砧输向另一部铁砧,

毁去的是天真烂漫,

不化的

  是我的迂腐。

我拾得半点陈泪,

真好似在玩味

  钻石的结晶?

3

诚然,我爱美。

但有什么诱惑能叫我放弃

  对犁沟的特殊爱慕?

那线条

是和农夫额头的皱纹

   一样令人感动,

叫我联想起

未被环境污染的德性、

有待开发的富源。

1981. 2. 17 夜半

峨日朵雪峰之侧

湖 畔

湖畔。他从烟波中走出,
浴罢的肌体燧石般黧黑,
男性的长辫盘绕在脑颅,
如同向日葵的一轮花边。
他摇响耳环上的水珠,
披上佩剑的长服,向着金银滩
他的畜群曳袖而去……

我就这样结识了
库库淖尔湖忠实的养子。
他启开兽毛编结的房屋,
唤醒炉中的火种,
叩动七孔清风和我交谈。
我才轻易地爱上了
这揪心的牧笛和高天的云雀?
我才忘记了归路?

1981.4.18 改旧作

关于云雀

没有檐角可供停息。
没有柯枝。
但我所知道的云雀的啁啾
只属于旷远的高天。
只属于热流。只属于飞翔。
只属于谛听的穹庐。
云雀是飞鸣的鸟。
而那个栖止在猪背啼叫的
只是寒鸦。
我的大漠上的小路,因之
才有这么繁富的色彩么?
现在,牧童枕着手臂
又怅望秋空了。但我确知在寂寞的云间
一直飘有悬垂的金铃子,
只被三月的晓风
或是夏夜的月光奏鸣。

1981.10.3

生 命

我记得。

我记得生命

有过非常的恐惧——

那一瞬,大海冻结了。

在大海冻结的那一瞬

无数波涌凝作兀立的山岩,

小船深深沉落于涡流的洼底。

从石化的舱房

眼望石化的大海只剩一片荒凉,

梦中的我

曾有非常的恐惧。

其实,我们本来就不必怀疑,

自然界原有无可摧毁的生机。

  你瞧,那位对着秋日

  吹送蒲公英绒羽的

  小公主

依然是那么淘气,

那么美丽!

1982.2.4 立春日写毕

3.6 删定

峨日朵雪峰之侧

鹿的角枝

在雄鹿的颅骨,生有两株
被精血所滋养的小树。雾光里
这些挺拔的枝状体明丽而珍重,
遁越于危崖沼泽,与猎人相周旋。

若干个世纪以后,在我的书架,
在我新得的收藏品之上,才听到
来自高原腹地的那一声火枪。——
那样的夕阳倾照着那样呼唤的荒野。
从高岩,飞动的鹿角,猝然倒仆……

……是悲壮的。

1982.3.2

日 出

听见日出的声息蝉鸣般沙沙作响……
沙沙作响、沙沙作响、沙沙作响……
这微妙的声息沙沙作响。
　　静谧的是河流、山林和泉边的水瓮。
　　是水瓮里浮着的瓢。

但我只听得沙沙的声息。
只听得雄鸡振荡的肉冠。
只听得岩羊初醒的锥角。
　　垭豁口
　　有骑驴的农艺师结伴早行。

但我只听得沙沙的潮红
从东方的渊底沙沙地迫近。

1982. 3. 29

风景： 涉水者

雨后的风景线
有多少淋漓的风景。

可也无人察觉那个涉水的
男子，探步于河心的湍流，
忽有了一闪念的动摇。

听不到内心的这一声长叹。
人们只看到那个涉水男子
静静地涉过溪川
向着远方静静地走去，
在雨后的风景线消失。
静静的。

只觉得夕阳下的溪川
因这男子的涉足而陡增几分
妩媚。

1982.4.12

太息（拟古人）

杨柳叶儿青。甜蜜地
当那一路"杨柳叶儿青"又从三月里来，
我只知道是春的女神在红与黑的时辰
做精巧之穿织。

去。马驹尚在阳关踯躅。
没有工夫为敝屣喟叹了。

可费我猜想：当年初民们盔头的野鸡翎子
或也如我即今所见这途中之杨柳叶儿似的
娇娆，同出山的霞光一起比美么？

不必追慕那个早经解体的部族了。
无庸留恋那牧奴的地位。
自从孔子仲尼出游观阙之上而叹大道之行，
大酋长挽弓披箭离我们已更其遥远。

没有工夫喟叹了。

去。小杜鹃

在催人布谷。

1982.5.11—10.10

子夜车

子夜零点准,
火车头
又自峡谷东南应时而来了,
吭哧着……
吭哧着将一列长长的货厢推上
西山脊背。

喏,窗外月空何其灿烂,
到处是轰隆轰隆的云朵,
允我五分钟不得入眠!

1982. 6. 11

月　下

是怎样的陶醉？灯光里
大山溪流有幻织的布机。

他不可解析
这一丝划过心上的微波
是不是因了匍匐茎上
那朝向山月昂首吹歌的
小小金蛇？
　　野风于林间悄吟
　　原上草
　　有两行新的轮辙。

无可名状地陶醉呀——
他忘不了相见时刻的
陶醉。

1982.6.20

所思： 在西部高原

西部的山。那人儿
听见霜寒里留有岁月嗡嗡不绝的
钟鸣。太寂寞。

是谁在空中作语：
——啊，世俗的光阴走得好慢！
我似乎觉得
高车部自漠北拓荒西来尚是昨天的事，
汉将军班超与三十六吏士的口碑
也还依然一路风闻，
可你们后来者
还听得敦煌郡献歌伎女反手弹琵琶么？

太寂寞。
凌晨七时的野岭
独有一辆吉普往前驱驰。
　　——远方

黄沙丘
亮似黄昏。

1982.7

在山谷: 乡途

在山谷,倾听薄暮如缕的
细语。激动得战栗了。为着
这柔情,因之风里雨里
有宁可老死于乡途的
黄牛。

感觉到天野之极,辉煌的幕屏
游牧民的半轮纯金之弓弩快将燃没,
而我如醉的腿脚也愈来愈沉重了:
走向山谷深处——松林间
似有簌簌羽翼剪越溪流境空,
追逐而过:是一群正在梦中飞行的
孩子?……

前方灶头
有我的黄铜茶炊。

1982. 8. 14

峨日朵雪峰之侧

纪　历

默悼着。是月黑的峡中
峭石群所幽幽燃起的肃穆。
是肃穆如青铜柱般之默悼。

　　劲草……
　　风声……雨声……
　　风雨声……

马的影子随夜气膨胀。
大山浮动……牛皮靴
吸牢在一片秘密的沼泽。
——是了无讯息的
默悼。

黎明的高崖，最早
有一驭夫
朝向东方顶礼。

1982.8.17

河西走廊古意

秋驼的峰顶，
当旅伴的一声《太平令》
长长地，正在大荒云头，
与雁序一同拔高的时候，
我觉得自己醉得快将融化了。
——啊，好醇厚的泥土香呀！

我但看见他那行歌中的青年武士
整盔束甲，
翘首玉关，
而河西漠野已在夕照中迷离——
一滩碣石
如羊只。
…………

我却说：
好醇厚的泥土香！

1982.9.3 晨于玉门市

峨日朵雪峰之侧

在玉门：一个意念

在酒泉西部盆地，
在玉门，
在出产骆驼草、黑色的金子和夜光杯的地方，
人的纪念碑——
有着现代派变形风格的
人的纪念碑
建造在高高的丝绸古道。
那一座座钢的活动的制品
是具有灵魂的。是具有感情的。
是具有灵魂与感情的妇人们在风中作婆娑舞。
如此日日夜夜。

可是，你们戴铝盔的玉门人啊，
为什么要说她们
只不过是工作在井群上的一些抽油机呢？
而我更愿把她们想象作是在为摇篮中的乳儿
一次次弯腰哺食的母亲。

1982.9.4 于玉门市

戈壁纪事

戈壁。九千里方圆内
仅有一个贩卖醉瓜的老头儿:
　　一辆篷车、
　　一柄弯刀、
　　一轮白日,
伫候在驼队窥望的烽火墩旁。
绿的蜜罐一个个绽开,
渴饮者,弃这碎片如落花瓣瓣,
留给夜夕陈列,
在冷沙。

车轮的投影一忽而长了些,
可又一忽而短了。火底下
康熙帝的梦城已相去遥远。

1982.9.11 于玉门市

野　桥

河上。

远远的桥：

系在黄昏的洲头。

有一个金色的集市。

桥上有一个金色的集市。

有许多匆匆的脚步。

听不到金鸭嘎嘎的叫，只看到金鸭的金羽毛

在黄昏的风里缓缓地

飘。屠夫的肉案

有一段金色的云。

吹糖人的小贩

把金葫芦

吹向了天空。

下游有一个淘金的女工，
和一只淘金的船。

1982.12.25 初稿

1983.4.5 改定

峨日朵雪峰之侧

驿途： 落日在望

大漠落日：
是日神之揖别。

这片原野，马兰草的幽香里
有他紫色的流苏。

无限慷慨。拱手相让，——
天涯的独轮车只剩半轮金环了。

亚细亚大漠
一峰连夜兼程的骆驼。

1983.3.17 初稿

雪 乡

那时,冰花在孕育。
桃红也同时在孕育。

不要偷觑:深山
有一个自古不曾撒网的湖。
湖面以银光镀满鱼的图形。

山顶有一个披戴紫外光的民族:
——有我之伊人。

1983. 6. 28——10. 8

旷原之野
——西疆描述

1

看我旷原之野!

我的热情是我古堡前金鼓的热情。
我之啸傲是我风中胡杨的啸傲。
我的娇媚是我红氍毹上婀娜旋舞者的娇媚。

我的心跳
是我追求者怦怦的心跳。

2

我是十二肖兽恪守的古原。
我是古占卜家所曾描写的天空。

那个状如螺旋桨叶的卍字符,
是经我的驭手通向中华内廷,
好像风车。好像兽王额头毛发纷披的旋儿。
好像五花马脊背簇生的花团。
被看做是火与太阳的象征。
被看做是释迦牟尼胸前所呈的瑞相。
被看做是吉祥之所集。
被女皇帝收进了华夏的辞书。
我记得夫人嫘祖熠熠生辉的织物
原是经我郡坊驿馆高高乘坐双峰骆驼,由番客
鼓箜篌、奏筚篥、抱琵琶,向西一路远行。

我是织丝的土地。
我是烈风、天马与九部乐浑成的土地。

3

我们于是向着旷原之野走去。
走向十二肖兽恪守的古原。
走向古占卜家所曾描写的天空。
我们于是从脑海徐徐升起古史高邈的一幕:

　　豪族。雪山北。旷原之野。

人们去玉河掘取羊脂玉。

神祇半狮半鹰,眼膜半垂,示以阴柔之美态。

武士与公牛搏斗,小袖长衫,折腰挂剑。

遍地有古碑刻、卜骨……汉五铢钱。

我们走向烈风、天马与九部乐浑成的土地,

一如走向拓荒者勇武之逸事。

4

那时,博格达万世冰封的城垣

高踞于旷原之野蒙蒙蒸腾的雾带,

是天上的城,洞察千里之外投来的行客。

那时,旷原之野西行的列车如漂泊大海的鼓桴。

如载于玻片的一株杆菌。如一游弋天涯的苍龙。

那时我们的街衢在铁轨上驰骋——

是穆天子西行驻跸的地方。

是匈奴日逐王牧马的地方。

是汉家宜禾都尉屯田的地方。……

沿途没看到过第三只乌鸦。

也未见到第二只草狐。

四周是辉煌的地貌。风。烧黑的砾石。

是自然力对自然力的战争。是败北的河流。是大山的粉屑。

是烤红的河床。无人区。是峥嵘不测之深渊。……
是有待收获的沃土。
是倔强的精灵。

高高的金刚手立在前方岔道口,
为驶近的列车垂落放行的铁臂。
毒日头在夏梦中驰过,
醒转时,旅伴的热带鱼已在玻璃缸中休克。
而我默想公主的堡垒,为盘石磴道
故国边陲的优秀射手叫好。
念历史之不甘寂寞。
那时
我听这土地砰砰如大鼓紧绷之蟒皮。

5

没有恐惧。没有伤感。没有……怀乡病。
一切为时间所建树、所湮没、所证明。
凡已逝去的必将留下永久的信息。
不必抱憾陶片秘藏的城郭。
未得吐艳的蓓蕾无可凋谢。
刹那已成永恒。
一切可被理解。一切可被感应。
不必告我七月的热风还是千年前似的滚烫。

看哪,瀚海的浩叹留在了身后。
晚照中的卧牛正以一轮弯弯的犄角
装饰于雪山之麓。靓女的
乔其纱筒裙行行止止……花灯般凝止。
绿洲匍匐的晚祷者以沙土净沐周身——

我听到了不只是飞嗽的象征之水……

6

曙日。
毡房。
红光倾注的大地一角,
拓荒者挥臂抡锤的鸟瞰图式:
地盖飘摇,钝器撞击,
有嗡嗡洪钟之幻听。
一切是时间。
时间是具象:可雕刻。可冻结封存。可翻检传阅诵读。
时间有着感觉。
时间使万物纵横沟通。
时间是镶嵌画。……
而他们已执着地向我走来:人面兽身俑。骑马甲士俑。泥头
　　木身傀儡俑。……
而他们又执着地背我走去:

镇墓兽摇动头上的五面旗帜。
突厥石人怀着终古之谜。
……一切恍如昨日,
我们原是心心相印。
而我已推开了玛纳斯河西岸甜美的绿城堡,
听说那儿的"黑眉毛弥姬甘"
是瓜族中的皇后。

7

庄重的美:
  爬上来的半边月。
  骏马的披肩长发。
  僵持中的摔跤手。壁毯。攀树的猕猴。
  下野地农垦兵团沙漠前沿的雄强丈夫。
  雄辩的《蘑菇湖课题》。
  ……紫泥泉。

我们走向开花的时间。
走向夕雾半遮的旷原之野。

啊,面纱!

1983.9.21 执笔于新疆

山　雨

昨夕，
当这深山独庐还困在白雨中，
小男孩瑟缩于老祖母的布裙，
那时，谁曾见到剑光灼天，
有一个身披羽袍的山民自崖头振臂奋起？

今天扫落花，拾得了这管坠陨的
雕翎，才记起昨夕好大的檐头水，
好大的一只鹰……

1981.9.7 夜草
1983.12.22 删定

思（古意）

消息是有的：说是使臣已为西出关……
说是使臣已驭柳枝来，已乘云雨来……
……过了沙墩。

消息是有的。
但我是再也等不及的了。
我满身满体满心肠都已为他郁结满了那丝。
我觉着肌肉已经灼灼胀痛了。
我青春的皮肤已经薄得透出亮光了。
我就倚在这斜坡先自筑一只茧壳儿吧。
我都已为他变作丝人了。

1984.12.4—7

西行吊古

      沉剑是从这里坠入江河的
      可汗们的长剑是从这处船舷落水。
      看哪——
          隔岸：胡旋女的歌舞……
          那只苍狼……
          那些流徒……
      是否还要仿效那个刻舟人从这里打捞沉剑呢？
      而我们的行舟早已摇过万重山了。
      再不是那处流水。
      我们也再不会见到那个真实的胡旋女。

1984.12.6

芳草天涯

高瞻远瞩的峨石壁,听钟鼓
那时西沉了。

无声的河,席卷故国金箔无数,
早早落荒而逃。

投向那面胸襟,以为
可于其间做太空行走、筑高台跳板、滑雪……

天涯
有客,
跨过了生命的亭午
还在车前跋涉……

1985. 1. 4—8

雄　辩

1

有雄辩之欲望。

有亟亟于报国用世之心，
有切切于求贤问聘之思，
有信息断绝的忧愁、悔恨、狂怒，
在履险临危之无惧，
有开路建碑筑亭之歆羡，
有金元拜物之可疑，
有精力渴待挥霍净尽之傻念，
有蒙诟病之虞。

在雄辩之欲望。
呀呀呼——
到处是人欲情声。

2

你听：一记记干牛皮的砰砰砰……

乃如土地之呼吸，
乃如晴空之吐纳，
乃如众心之同声一搏。
在中国之春的狂欢节，
许多古人在许多行走着的高桩上浪游，
好像从云端投给你微笑。投给你节日调味的
五色盐，投给你五色的天雨花。
复活的龙族在火的爆裂中追戏自己的尾巴。
大头娃娃乐呵呵，
乃是你们少年期之再现。

在最不容流泪的日子，
有人泪流如注。

3

乃有雄辩之欲望。

新世纪的曙光，

将国产轻骑的投影

投上180度幅广的环形山壁作牛兽游走。

作牛兽游走之大特写,

作慷慨悲歌,

作慷慨悲歌……

牛阵越过栏架,

地面响起巨大的轰隆……

昆仑摩崖,

无韵之诗。

1985.3.6 元宵节随感

某夜唐城

湖畔水亭,听了半宿蛙鸣,也未晓得是何偈语。
想着汉唐禁苑未央宫已与许多年青的身体在一片青青的嘉禾
　中淹没,
青潮,该又膏腴了铜人原?

夜半舞会。
探戈之后,青年人上场,跳起忘情的迪斯科。
跳起当代强节奏的健美操。
在荡荡乎长安八川之水网
伸胳膊踢腿,一抬脚就碰响世俗的弦。

无心灯下赏阅《项庄舞剑》。
仍记起朱雀门外武后邀来的六十一王宾
被人搬掉了岩石首级。但
即使被人搬掉了岩石首级也未尝不忠实于历史。
他们空空的肩胛笑容可掬。
他们空空的肩胛至今笑容可掬。

1985.5.27

忘形之美： 霍去病墓西汉古石刻

忘形于石雕的粗豪、盛大、雄美……蓬发长须。
便听到祁连山的几声悸动：
是那大灵魂所诞生的人与熊。
是马。是匈奴。
是长着头角的荒原西域。……

相对无言。
惟听到大灵魂的几声清唱
直为百代永垂。

1985.5.29 初稿

斯 人

静极——谁的叹嘘?

密西西比河此刻风雨,在那边攀缘而走。
地球这壁,一人无语独坐。

1985. 5. 31

意 绪

1

时间躁动,不容人慢慢嚼食一部《奥义书》,
且作一目十行,随手翻掀,一带而过。

情绪的感受最紧迫:把帽子摘了,
渥发泼墨,转体 180 度,倾此头颅写它一通狂草。

2

说银月无光。说诗已贬值。信乎?
但我确信 50 年代仍是中年人心中祭奠的古典美。
我无暇论证。我无须论证。
史诗前沿有熠熠之篝灯。
我枯槁形体仍为执意赶路。

3

转瞬群山、雪冠、蜂房……全在暮色仓惶而下，
夜间黑颈鹤——哥塞达日孜——牧马人
雌雄求偶对鸣。
如铜角。如洞箫。
谁闻鹤之舞？

今夜好月光。
牦牛：冰河之舟——
突厥游弈首领曾傍此露宿。

1985.6.8

峨日朵雪峰之侧

和鸣之象

不止于一种声息。
翙翙其羽,不止于一个散花天女。
将角弓反扣。我们
且将角弓反扣,
奏《霓裳羽衣》……

大野堂奥简古深邃,
不止于一种化境。

不要匍拜。
不要五体投地。不要诚惶诚恐。
不要佯作十二万分地感动而无所措手足。
不贿以供果。
不赂以色相。
雷阵虺虺,石火碰撞,一千重天地乐音和鸣,
大道似光瀑倾泻……

1985.7.3—4

午间热风

总是金野牛。

总是午间热风。

总是铺盖而来。总是席卷而去。

总是波浪线。

总是拓殖的土地。总是以阅兵式横队前进的拓殖者的波浪线。

总是十字镐。总是镢头。总是砍刀。

总是蓄水池。

总是营地。总是轮翼。总是西去。

在金野牛后面,梦觉的拓殖者执弓挟矢以猎。

总是后浪推前浪。

总是灿然西去。

在每一层波浪线最先消失之前总是举旗者。

总是紧追不舍。

1985.7.26

峨日朵雪峰之侧

高原夏天的对比色

大暑下的高原山岳。

逆光。大方折线轮廓勾勒的高原山岳。

一层层逆光。一层层推向深远背景的高原山岳。

愈往西北角山色愈堆愈深愈重,愈堆愈冷愈浓。

寒气习习的西北角——

展翅屏息不动的鹰装武士。

夏天映红的墙壁。

墙壁映红的女子头像。

七彩跳动的市场街。

市场长案上一排睡眠的青海无鳞鱼。

外乡人挑着的一担蝈蝈笼。

油然觉得聒闹的乡音还留在故乡绿树梢头。

一个穿粉红色百褶裙的高原。

一个穿蓝色长跑运动服的高原。

一个从聚礼日走来的白布缠头的高原。

1985. 7. 30

人群站立

人群站立。

人群：复眼潜生的森林。有所窥伺。有所期待。有所涵蓄。

人群游走。

在方形屋顶，在塔式平台，在车站出口……每一分割的瞬息
  他们静止不动，他们显示的形象是森林。

在每一连续的瞬息他们激动，他们摇摆，他们冷静……

他们五颜六色的服饰望去蓬乱斑驳，

他们显示的形象是一片黑森林。

从森林到森林

他们凝重的形象是心理稳定的素质。

1985. 8. 1

钢琴与乐队

1

屋顶。
湿润的帆索、湿润的屋顶、湿润的
翅膀……在曦光下晾晒。
从黎明漫天云虹通达天涯尽头的那一粒
最晶亮的光源:
屋顶居身其间
是一颗谷种。
是一只金壳虫。

……渗透内心感觉。

2

屋顶。鸽子啄食习以为常。

激动不安的城市屋顶铺满沙砾,以群岛方式存在。以群岛方
　　式漂流。
丛林摇曳在十丈深渊。
秀发涌起的黑涛中生命径自泅渡。
沉没的旗舰弹痕累累。
空中道路不再荒芜。

……梦的感觉更多一些。

3

屋顶:生机旺盛,
洋溢几缕游丝……
檐角下的一泓清水这就是汪洋的水。
这就是连续降了几千年的那场原始的瓢泼雨。
这就是雷电之夜生命诞生的原始汤。
染色的水珠从檐角晾晒的衣衫滴落清潭发出钟鸣……

有宣叙调感觉。

4

和弦。
旋律被和弦打断。

旋律破碎。

旋律明亮。

屋顶。……

鸟儿与屋顶问答。

河柳轻微叹息。

肢体下沉。

秋熟的太阳

在古老大陆板块抽出壮美麦穗。

生命隆隆合唱。

屋顶层层叠起。

屋顶造成恢宏气势。

主题在各个声部再现。

是赋格音乐感觉。

1985.8.28

晚　钟

行者的肉体已在内省中干枯颓败耗燃。
还是不曾顿悟。

啊,在那金色的晚钟鸣响着苦寒的秋霜,
是如何地令迟暮者惊觉呀。
那惊觉坠落如西天一团火球。

1985.11.18

我们无可回归

狂人月下弹剑,
歌"长铗归来"……

是古狂人。
而我们不是。
而我们且无归去的路。

我们所自归来的那地方,
是黄沙罡风的野地,
仅有骆驼的粪便为我们一粒一粒
在隆冬之夜保存满含硝石气味的
蓝色火种。是的。
是的,那火焰之裸舞固然异常美妙魅人。
而我们无有归去的路。

而我们只可前行。
而我们无可回归。

1985.11.20

田 园

遥远的

遥远的

牛的遥远了的呼唤被夸饰为哞哞的圆号

以五度跳跃奏出牧归主题。

缓缓地、悠悠地……偶尔两三声,

像远山那边几根凝止不动的熏烟

透出春色的味道。

停顿有顷,遥远处

似有似无之间隐隐地

是饱经沧桑的老人哞哞的呼唤。

1986.2.4

距 离

卷边草帽。
卷边草帽拉开的人际多角空间。
他们面面相觑,每一视点都成为敏感区。
他们以目暗暗相期或暗暗相斥。
他们仅只面面相觑,并无人声。
其实他们之间仅有风与流水。
夕阳在他们的眼角涂饰一丝挑动的笑意。
在广袤原野分支的畛域其实仅有静静的安详。
仅有风蚀的土墩。
其实仅有卷边草帽相对交错森列。

1986. 2. 19—22

峨日朵雪峰之侧

人　间

静夜。
远郊铁砧每约五分钟就被锻锤抡击一记，
迸出脆生生的一声钢音，婉切而孤单，
像是不贞的妻子蒙遭丈夫私刑拷打。
之后是短暂的沉寂。
这一夜夕投宿者感觉特别长。
及天明，混在升起的市廛嚣声之中
你未能分辨出任一屈辱的脚步。
你只觉得在新的港湾风帆万千忙于解缆起航。
你只觉得解缆起航才有生路，而顿感呼吸迫促。

1986.4.9—13

黑色灯盏

黑色灯盏：草原神柱过目不忘的图腾乌鸦，
它们不啼不惊不食不眠也不飞翔，冷焰袭人。
那时边草深茂，黑帐虚掩，有不言的威慑。
异乡客沿山路趑行，渴望奇迹。
时光难再。
季节河上，缥缈天宇，鸟儿们失去身子，
无眼的眼珠悬为不腐的星辰，
过来人望见森严中脉脉含情。
时光难再。

1986.5.2

在雨季: 从黄昏到黎明

1

雷雨之后,夕阳
品茗长河上游骤然明亮的源头,
见下游出海口一只无人的渡船
悄悄滑向瓦蓝。

此时山野蛮荒拖长的声唤
是情节剧里命运悲天的呼号,
暗喻一个耐人寻味的开始。

2

无风的夏雨夜,雨滴隔断海隅。
误点的快车失去时间桥梁在路旁期待,
荒诞如废黜的封侯

恭听窗外车轮唠叨那一段口头禅
骤奔而去。
夏夜无风,车座底层有梦游的鞋。
潜网笼罩脚背。

3

雨中
五月向原野叫拜晡礼。

玩偶的进行曲暂留在渐渐淡化的意境。

男性化的女神向江河流域高高展扬双臂。
一丈白绢撑开帕米尔冰山圣洁的轮廓。

1986.6.15 初稿

两个雪山人

一架吐蕃文书。
两个雪山人背影。

似曾相识:其人束黄金带,蹬厚底靴。
青莲色锦袍织满寿字图纹有如闪光的豹皮。
剑鞘修长,从腰际曳出一端。
埋首书卷,苦修者米拉日巴与他论道。

其右体态婀娜,裹覆在一头乌发编织的霞帔,
看似一个青铜女子。霎时间
我记起自己不曾沐浴雪山的紫外光有年,
而心灵震动,心想是绿度母以青铜之思
传唤她的旧臣……

豹皮武士已在默诵一首《道歌》。

1986.6.15

司 命

最隆重的日子，山雉
在风中招展腰身全副披挂的炫目旗帜。
圣灵的圣油在圣坛同时展现几个侧面，
仍旧是山民后裔崇拜的火炬。
悲戚的是遗忘的小径，
在大山额头留下苦恼的皱褶。
何时可了。女婴已作为母亲。

不闻霹雳的日子，
耸峙的太湖石
在老人们的圆桌
立起一片世纪的荒凉。

阳光纷纭如落雨。

1986. 6. 19—20

太阳人的寻找
——H·N、H·H姐妹徒步黄河寻找太阳人

寻找太阳人

逆大河而行,退至时间,退至羲和御日歇马夜宿的那片草
　　场,溯源物华天宝,自忖已潜抵人神未分的那枚胡桃核,
　　然后沿河而下,将天堂的泥土踏回尘世。

信仰,是一种至大的爱。

壁立千仞,香火寂灭,石窟宏阔,
回见躺倒的河,一溜行旅还在卧佛拇指长途跋涉。
几声风铃,千张窗叶掀开,云间纷纷震落玻璃。
太阳人又去万里之遥。

1986. 6. 19—25

躯体与沉默

阵痛是古老的悸动。
在断肢面前
丰润的膀臂隐含羞惭。
对着饥饿的眼,
美的食品
成为美的亵渎。
沉默。

你惊骇于轮下的脑颅
不只是一方会哭泣的肉。

1986. 8. 12

淡淡的河

淡淡的河以淡淡的影踪流荡原野，
使人觉着岁月悠久的一缕思绪。
像堤岸的树无声。

淡淡的河
使凝望着的人们眼里浸满泪水。

1987.1.25 晨

立在河流

立在河流
我们沐浴以手指交互抚摸
仅如绿色草原交颈默立的马群
以唇齿为对方梳整肩领长鬣。

不要担心花朵颓败：
在无惑的本真
父与子的肌体同等润泽，
茉莉花环在母女一式丰腴的项颈佩戴。

立在河流我们沐浴以手指交互抚摸。
这语言真挚如诗，失去年龄。
我们交互戴好头盔。
我们交互穿好蟒纹服。
我们重新上路。
请从腰臀曲直识别我们的性属。
前面还有好流水。

1987.6.24

日 落

日落是沉重的吧?
乘筏的漂流者自觉走向水神。

日落是轻盈的吧?
烈风。高标。血晕。
河上聚满黄沙。

1987. 6. 30

诗　章

1

预警，这是在探险家的处女地
食人巨蚁烽火台般耸布的魔宫。
这是航天机翅翼一端斜阳书写的
红字。

长戟与马鞍枕藉在一堆芦柴。
昨夜我看到两条花蛇交尾并立。

昨夜……昨夜你还听到了谁在奏乐？

2

音的雕砌；感奋的玻璃杯、红蓝宝石
因夜光而倍加华美。

灵魂劳损自我修复透出安详的韵律——
如一百二十张骨牌站成纵列挨次扑倒发出的
叩击。如一百二十尾游鱼喋喋
十二分地知足。
如天鹅湖上的一组水晶鞋。

3

窗前的河水涨了,泡沫带来田野气味。

昨夜河流在雷击中掀动影子
好像水藻或隐形林树。在洲沚
淘沙人留下的洼坑潴存雨水像硝盐洁白。
像阵亡武士护心的胸甲。
我一夜站在阳台监察水文,设想自己仍是披着淋湿的少年的
　　长发,脸上的雨和泪光漫漶。我设想自己百年之后会以另
　　一种物质形态注视我此刻站立的阳台。我设想自己投射在
　　河心的身影是永世不得登岸的蠕形虫。
桥墩在中流以山峰的姿态振响夜色。
而海上贝壳正扇动晓月。

4

我感觉疲倦。

我时为战胜波涛的催眠术而加速心脏弹跳。

我为追求新生而渴作金蝉蜕皮。

明天不属于每一个人。

沙枣飘香的季节我才走到山腰。

崖头断层结晶向我闪烁着螺钿的光色。

村口一位红衣女性伫立黄昏像一盏照明的灯。

紧挨她身边是一棵树苑雕凿的矮人，我读出烙在这丑怪袒腹
　　的四个疤痕原是一句狂言——"你可来了"……

狂人的价值仅在癫狂之后。

海上贝壳正扇动阳光。

5

翠鸟

自桥畔鸟市遁逃

栖落溪间石楞

见主人涉水偷渡

而得以逸待劳。

微雨中一场退休者的门球赛，

旌旗森严，场地寂寥，前胸后背红黄对垒。

帽盔下的老人们手持槌棒排立，目光骛远。

缄默的嘴角线

悲秋胜于竞技。

6

这是凌晨。
于是我听到了那声音。
感觉自己先天的记忆重又蘖生出了种芽。
那声音照例含有几分羞怯，如试探而泛游在河面，越过芦荡
　　……高台……被大山雄魂吞噬。
接着的一声更悠扬，高了八度，多了一些自信。
这是拂晓许多人在似梦非梦中听到的那一声鸣唤，像海绵体
　　饱和着异香，让灵魂从深邃的迷潭苏醒。但你听不懂。
不，那仅是一个机会。仅是一种虚构。一个虚词。仅是一声
　　感叹。……
又是一声拖长了的鸣唤，而音程已回复到原来的高度，因之
　　感觉河嚣反而更强烈了。
而太阳从云隙落照河面。
感觉早晨因灿烂的河光金斑翻飞而渐次模糊。
而那声音却已无处不在。

海上贝壳正扇动
阳光。

7

磁石永动器
不锈的永动杠杆
为城市之门转动时间节拍。
爬行的鳄——
结满角质鳞片的黄瓜
自铜绿的年代爬行而来
伏在柱础。
郁结化解,楼门飘起一片蓝色雾。
是……窗帷。口哨。风。……
或田野。
三个婴儿携手步出大门喃喃自语,
表情有了早熟的肃穆,
在身后投下了老人的虚影。

1987.6—7.12

燔　祭

> 高树多悲风，海水扬其波。
>
> ——曹植《野田黄雀行》

1　空位的悲哀

不将有隐秘。
夜已失去幕的含蕴，
创伤在夜色不会再多一分安全感。
涛声反比白昼更为残酷地搓洗休憩的灵魂。
人面鸟又赶在黎明前飞临河岸引颈吟唤。
是赎罪？是受难？还是祈祷吾神？
夜已失去修补含蕴，比冰霜还生硬。
世界无需掩饰，我们相互一眼看透彼此。
偶像成排倒下，而以空位的悲哀
投予荷戟的壮士，
壮士壮士壮士
踩牢自己锈迹斑斑的影子，

碎玻璃已自斜面哗响在速逝的幽蓝。

2 孤 愤

天堂墙壁
独舞者拳击
靶孔
如雪片飞扬
孤愤。

美丽忧思
厚如冰山大坂
如一架激光竖琴
叩我以手指之修长
射如红烛。

闭目。沉滓泛起。
蓝军紧促的梆子声。
士兵弯身奔逃的残肢。
预习的死亡
与我儿时的山林同步逼进,
早为少年留下残酷种芽。

大自然悲鸣。

冰风自背后袭来。

3　光明殿

这里太光明,寒意倾泻如银湖。
峭壁冻冰如烛台凝挂的熔锡。
这里太光明,回旋的空间曾是日珥燃烧的火海。
我如何攀登生满鸟喙的绝壁?
我如何投入悬挂的河流做一次冬泳?
我如何承受澄明的玉宇?
太纯洁了。烟丝不见袅袅。
穹顶兀鹰翼尾不动,不可被目光吞噬。
这里太光明。
我看到异我坐化千年之外,
筋脉纷披红蓝清晰晶莹剔透如一玻璃人体
承受着永恒的晾晒。

4　噩的结构

噩的结构为情感带来惊愕的宝石。
灯光释放黑夜。天空穿透湖水。
情人的贴面舞骤然冷风嘶嘶。
地穴燃起生命残剩的油脂。

每天的阵痛的大路。

每天的放倒的男子女子。

每天蜡质般绽开的人脑如石榴碎瓣。

每天的时轮的燔祭线。

每一刹那都是最后时刻。

每一刹那都成故垒。

宁馨儿,你如此的宁馨儿

原是一声"这么好的孩儿"。

我如此孤独而渴望山鬼了:

盆地边缘她以油黑的薄发为我而翩翩飘曳,

如乡村酒垆飞动的酒帘。

零落的号筘已因沙漠鼓铸而倾斜。

赤铁矿粉末一夜之间挂满千棵树,

而举起了玫瑰之旗。

耀目的男性物质如荆条扎手。

衣冠文物之邦,

道学士的孤旅南辕北辙。

在祖先遗体熟化的骷髅地

好事之徒每若得幸会抱还一架女人骨殖,

而满足了跨越千年的窥视欲。

平卧大理石灵床听人声伴唱,

默默感受噩的美艳百代永垂。

5　京都前门·狮面人

京都前门

餐馆马赛克幕墙美国加州蒙古烤肉的烟燧如梦升起。停车坪
　　遂罩在牧场的黄昏。

牛仔归迟。

每一滴落日浑如嘶声炸裂的热油脂。

每一粒尘嚣亮如时装辉煌的金铐钮。

我走向环城河边蹲坐的狮面人。

我依傍玉石础柱感觉梦幻的夜色逐刻加重。

我偷觑沉默的狮面人如同孩子偷觑父亲。

我偷觑狮面人威猛的沉默。

我感觉他前臂肌腱略一抽动。

我感觉他浴在水边的前臂才挽罢垦荒的犁杖。

我感觉他眉间微蹙的悒郁造境遥深。

我感觉他瓣额几许嘲讽悠然意远。

我感觉他如环散开的鬣毛雍容儒雅。

我感觉他如火照人的瞳孔透出疲惫。

我深知如此潜在的悒郁是我难得洞悉的悒郁。

我深知如此的悒郁是使我如此震撼的深刻原因。

狮面人的痛楚是我们直接嫡承的痛楚。

6　箫

伪善令人怠倦。

情已物化,黄金也不给人逍遥。

失落感是与生俱来的惆怅。

人世是困蝇面对囚镜,

总是无望地夺路,总有无底的谜。

理智何能?图像尸解,语言溃不成军。

死有何难?只需一声呜咽便泪下如雨,

蠕动的口形顿时成为遗言的牢狱。

一切是在同一时辰被同一双手播种。

一切是在同一枯藤由同一盘根结实。

命运之蛇早在祭坛显示恐怖的警告色。

火花时时在导火索的嘶鸣中追步。

恐惧原是人类的本性。

而痛苦生性孱弱,道学孳乳多疑。

别再提问丑恶可免否。

理解了魔王也就理解了上帝。

不是诅咒就是赞美。不为呻吟就为呐喊。

自信不足则诒笑有加。无心鼓噪则请沉默。

神已失踪,钟声回到青铜,

流水导向泉眼,

黄昏上溯黎明,

物性重展原初。

巫女巫女，我的眼波是你们狎戏的浴盆。

听淡淡的箫。

1988.11.30

恓 惶

在恓惶的夜啊
她为我登高挑亮的灯,
不幸是蛇吻瑟瑟吐吸的剑。

我的箴言在恓惶的夜阴差阳错,
不幸是施术的咒语。

1988. 12. 21

听到响板

静啊。听到响板模拟山林。
是绿林响马月下失足折断幽篁老根。三两声
是响板,骤然地三两声拍击灵魂。情节诡谲。
空荡荡是影子,黑黢黢僵仆,倒地急促。一片
秋的肃杀。冷汗之后,过了好久好久,静啊。
惊心又是响板出其不意,是三剑客照面三岔道
击掌初交手。亮相。哨头落地。秋的一片肃杀
静啊。三两声响板,是谁楼敲击更鼓?

1989.3.2

窗外有雨

窗外恐怕是下雨了。今夜
把窗户打开还是依然关拢?

道路肯定是在雨里沐浴了。
湿泥土的气味毛茸茸地挤进屋子
像是灰鼠成群结伙蹑脚走过地板。
软软的夜在玻璃窗怪气地挂着。
外面肯定是下着大雨了。
一身金色雨衣飘起了白烟瘴。
但广场粉红的那一位更像是英才。
你还觉得鼻塞吗?
而你敢不敢为我踏上拖鞋去到阳台
把所有窗户打开?

1989. 5. 10

一只鸽子

一只鸽子惦记着另一只鸽子。
旷野有一只鸽子如一本受伤的书,
洁白的羽毛洁如书页从此被风翻阅,
洁如一炉纯净的火。
而她安详的双眼已为阴翳完全蒙蔽。
太阳黯淡了。有一只鸽子还在惦记着
另一只鸽子。在不醒的梦里
旷野有一只鸽子惦记着另一只小白鸽。

1989.6.17

惟谁孤寂

惟谁孤寂?
我招来雄鸡在我阳台巢栖,
听热血以时呼唤清如烟燧。
我间日去到阳台斩断自己的胡须,
将其剁作肥田粉末投进花盆。
我燃烧眼泪如同夜明珠
却常常是对于人格的祭祀。
不是每一瞬笑容都为献与。
诗人不是职业。而鸡鸣喈喈。

1989.12.21

远离都市

远离都市,车夫的马车在流澌的河道颠踬驱驰。
水流抹平马腹,有人惦记水寒伤马骨。
北方的原野广袤无垠,伶仃的马肢
在马铃散落中揩动节肢,步态安适。
忧戚的眼神掉在忧戚的河道,天边长出
蜷曲的鬣毛。

1989.12.30

卜 者

卜者身着黑衣与卜者同在。
卜者身着黑衣与黑衣同在。
灵魂通道的每一路口都有卜者盘膝。
走完的一程很费踌躇。

死亡是一张皮肤。四轮轿车
轻轻完成的皮肤像穿透的一团影子,
没有一点声息,没有一点痛楚,
事情就这样宣告完结。
卜者展示的红布自此与日子同在。

1990. 1. 7

故　居

故居已老如古陶。世界阒然。
内室清明，窗玻璃贴满眼睛。
天花板有飞鸟迷途。
门枢不时膏注传奇免生蠹虫。
楼道脚踪迤逦如船队穿梭海峡。
青草地点燃新月鸡鸣照亮篝火。
檐滴溢满几代隐身人的梦戏。
摘掉了字画的墙壁有摘不掉的伤疤
挂在老地方。秒针仍在叩动过去时。
我嘲弄过这间螺蛳壳儿。
我为自己在一根扁担安身曾反复论证。
我曾以草绳图谋吊断自己的后颈。
有过三娘教子，九节鞭抽杀傍晚。
而火警与花盆同时留下悬念。
老邻居的容貌已记不太真切。
最近有人告诉我殁的已殁，走的已走。
来的已来，生的已生，活的尚还活着。

我哭了。无疑我们都将是隐身人，
故居才是我们共有的肌肉。
柔肠寸断。你才明白柔肠寸断。

1990.1.9

紫金冠

我不能描摹出的一种完美是紫金冠。
我喜悦。如果有神启而我不假思索道出的
正是紫金冠。我行走在蛮荒之地的第七天
仆卧津渡而首先看到的希望之星是紫金冠。
当热夜以漫长的痉挛触杀我九岁的生命力
我在昏热中向壁承饮到的那股沁凉是紫金冠。
当白昼透出花环。当不战而胜,与剑柄垂直
而婀娜相交的月桂投影正是不凋的紫金冠。
我不学而能的人性醒觉是紫金冠。
我无虑被人劫掠的秘藏只有紫金冠。
不可穷尽的高峻或冷寂惟有紫金冠。

1990. 1. 12

鹜

趋也是鹜。

遁也是鹜。

落潮不称潮。热门不见门。

失去意义的日子无聊居多。

好时光尽在青果腐朽。

一枝梅几个骚士饶舌。

山里有滥觞之水可以濯吾足。

山里有滥觞之水可以濯吾缨。

君子何曾坦荡荡。

小人未许常戚戚。

坐也无眠。起也无眠。眠也无眠。

春雪已飘飘,春雪又飘飘。

春雪常飘飘。

1990.1.16

峨日朵雪峰之侧

极地民居

原野苍苍。

所有道路都被一宿风声洒扫。

天下好像不曾走动过脚踵。

记不起有无客来。布幡褴褛。

穹隆甚低。野鸡翎插在墙壁。

酒杯已朽。我不再擦拭铜壶或礼器。

烛光在窗纸晾干。屋脊不再呜咽如狼。

书稿摊开撒满废字。是鱼目刺痛眼珠。

山阿里有融融唢呐声融蚀烈女的郁结。

冰河与红灯谨守着北方庭除。

一切平静。一切还会照样平静。

一弹指顷六十五刹那无一失真。

青山已老只看如何描述。

1990.1.22

在古原骑车旅行

潜在的痛觉常是历史的悲凉。
然而承认历史远比面对未来轻松。
理解今人远比追悼古人痛楚。

在古原骑车旅行我记起过许多优秀的死者。
我不语。但信沉默是一杯独富滋补的饮料。

1990. 1. 24

陈 述

我所不知的惊赫如一男子
自古井的最深层踏往井口之渺茫,
足迹带着时光旷远的绿斑响如破竹。
那时惊赫如同旷远的一声伤痛令我惕厉。
入寐,我在独守的一隅常突然乐醒,
我所不知的喜悦适如婴儿成因不明的
浅笑。

1990. 2. 3

一片芳草

我们商定不触痛往事,
只作寒暄。只赏芳草。
因此其余都是遗迹。
时光不再变作花粉。
飞蛾不必点燃烛泪。
无需阳关寻度。
没有饿马摇铃。
属于即刻
惟是一片芳草无穷碧。
其余都是故道。
其余都是乡井。

1990. 2. 7

峨日朵雪峰之侧

雪

大雪的日子不过是平凡的日子。

大地转动如纺轮不过是纺着些绵薄的雪花。

雪地葱白不过是雪的葱白。

雪地寒峭不过是雪的寒峭。

四月十一日大雪的日子鸟儿哪里去了!

没有一声鸟鸣的日子是空空如也的日子。

雪风长驱也不过是风之长驱。

雪人啼号也不过是人之啼号。

1990.4.11 晨记

先 贤

五个

看湖水的人隐约蜷局在金色沙洲的边缘。

是五个看湖水的鸟。

是五个佛吗？是五个佛隐约蜷局在沙洲的边缘？

而无论人鸟或佛此刻都是乡绪的诱因啊。

耄耋之年

老人无悔的追忆仅有着对于世事的万般宽宥。

1990.8.24

黎明中的书案

当东方微白

流动的意识尚还梦游在涩滞的墨底。

而闹钟及时的报警使时间与神经网络同刻挛拘。

信笺摊放案头，青丝在啼血的一页已悄悄萎黄。

陨星终于隆重完成与大地的对接。

河流从黎明的伤口再度获得新生，

而那一份鲜活的气息吹来窗纱

在愈趋清爽的光照间淡淡飘忽。

1990.8.27

谣 辞

（那刻月光凄清迷离）

山坡，五座圆圆的垄堆。
啊，是圆圆的五座垄堆。
其中只有一座生长着茂密的茅草。
不长茅草的垄堆真孤单，真是孤单。
而那时我看到了奇迹发生：
我看到一片茅草地飞来，嗖的一声飞来像鸟儿。
像鸟儿飞落窠巢稳稳飞落窠巢若无其事。
除了我，无人发觉一片茅草地像鸟儿飞落窠巢。
不要担心，很快就会有另一片茅草地凭空飞来，
竟像鸟儿飞落窠巢若无其事。

1990. 9. 25

峨日朵雪峰之侧

西 乡

西乡的寺院梁木虫蛀。

头戴猩红呢帽的僧人从街角双双而去了。

情人的铃鼓早就上路,

过了西域还得依然地西域,

预想变作了期盼中的追忆,

只恐怕王子已经赶不到突厥王廷。

这如何可以?一旦听到寒霜降

又是岁草荣枯四时轮转似曾相识。

你哪,看到路边半点红漆

就要疑神疑鬼肉跳心悸惆怅满腹。

男子,你从男子的缘分踏来,

造物给你胡须、宽肩阔背和指环般抠紧的喉突,

而你已羞于识别自己的声音。

这如何可以?酒与泪虽都属于生命的分泌,

而酒只当赐予光荣的武士。

女人已经接替你搁置的长矛和盾牌。

淫雨季较之枯水期同样难熬啊。

前川的寺院已经年久失修殿堂坍塌。

我独自一人过桥往西

留下马蹄与石子相磕的节奏落在夕阳

蜂蝶一般也恰合时宜。

太阳风的旋涡有一农妇淹没，

张扬的筒裙笼罩在田野秋日的铃鼓，

她趁势曲起胭窝并以肘臂掩饰射来的光雨，

那份幸福感从她如诉的眼神暴露得淋漓尽致。

在西域以西一匹红布刚刚覆盖住死者的天空，

油灯已在脚底照亮亡人装殓齐整的绣金绲边双鼻梁马靴。

再生如同土崩。

可叹那活泼的灵魂如同自由的瀑布独爱险绝，

当他处于无可逃亡的追逐总会急中生智纵身一跃

喝叫一声起飞，于是他真的就已腾空隐遁。

可叹啊，他终于无可逃亡。

可叹血温就在岁月消歇。

喀斯特岩溶惊心的水滴贯通夜晚千年的干旱。

就是这样，时间咒语让后来者醒来，

又复令前驱者神迷。

瞌睡虫已将万物涂上梦魇浓浓的油脂。

那胸襟的勋绶会比树叶更长久？

有意无意我将一方纯白手帕折叠成了花朵，

峨日朵雪峰之侧

永远遗忘在亡友案几像是走入一次冬眠。
当听说深山的寺院法器被盗石幢毁损,
我正只身自西乡西返而怅然有怀。

1990. 10. 19

圣　咏

穹苍。看不到的深处
喜鹊的啼语像是钟表技师拧紧时钟涩滞的发条。
这么好听的暗示总会无一遗漏被人悄藏心底。
日子是人人遵行的义务。
昨天我还肃立在布满车辙的大地高声圣咏，
诵念一个由寒转暖的黄道周期功德圆满。
农妇躬身菜畦揭去草垫让秧苗承接太阳的恩施。
远处地沿有几罐柏枝燃起了烟篆，
吹送的熏香脱尽俗气。
看不到的穹苍深处有一叶柳眉弯如细月。
风筝牵连的季节，儿童奔跑放飞自己的折纸。
诗人对窗枯坐许久深信写诗的事情微不足道：
一个字韵儿即便珑璁透剔又何如金黄的虫卵？
楼顶邻室的缝纫机头对准我脑颅重新开始作业，
感觉春日连片的天色随着键盘打印出成排洞孔。
河间瘫软溢满肥沃的流水。
喜鹊的啼语复使穹苍体态婆娑。

有位明星头戴酋长的羽饰站立花丛。

猎人弯腰模仿野兽作一声长嗥,

变形的真实遂有了永恒的品格。

日子是香客世代参拜不舍的远路。

1991.3.3

涉 江
——别 S

涉江。听时序在河床艰难错动:
水风、白雾与凉意徐徐推来。
啊,漂流,漂流,永在地漂流……
前有灵犀圣洁如现,已令阿谀者感到大气沛然。
此际我可脱卸肉体如弃敝屣,
为淼茫之中盘舞的鹰群抛食。
如果人格的精义只在燃烧的意志,
我恰已期待你给予那一粒星火。
爱是源泉也会是归宿。
大江拖驳正领航逆流北进,
让我看做人生契约无改之祭仪。
想那江岸巨石切痕凿凿如自山岳割取的脑颅,
被砌造的关楼犹然万年大业。
都已苍老。当一对情侣站立人海执迷如树。

1991.6.10

峨日朵雪峰之侧

非 我

水的这边笼罩在暮霭,人在影子中行路,
若非我似无人察觉。
那边的水落满阳光,人拖一影子上岸,
若非我似无人察觉。

但是,影迹与灭绝影迹之快乐若非我又为谁察觉?
但是,暮鼓与晨钟之远旨若非我寺人更有谁察觉?

1991.6.12

呼喊的河流

呼喊的河流,你是

一棵大树主干对半剖开的那一片:流动的木纹细密黄灿灿,仿佛还包裹着树脂的幽息,我一定是感觉到这种触痛了,所以,你才使我深深感动吗?

生活,就是一台在这样的河岸

由着不敢懈怠的众人同在一匹奔马肩背完成许多高难动作的马戏,惊险、刺激而多辛劳。

但是永在前方

像黑夜里燃烧的野火痛苦地被我召唤

而又不可被我寻找到的或是耶和华从被造者胸腔夺去的那一根肋骨?也是我的肋骨,所以呼喊着自己另一半的河流才使我深深感动么?

所以河流的呼喊才使我深深感动么?

1991. 7. 11

露天水果市场

季风流着白花花的银子。
盛夏的露天水果市场成批箱笼堆积鲜桃
随着远程车队载入载出,
浓艳如我草地的民间歌舞。如十二木卡姆古曲
骑乘而来。渴慕,有如我之男子骑乘而来。
渴慕伟力的男子结伴骑乘而来佩剑踱步场坪,
想着足下已为水泥密封的沃土不得撒播种子
正是一种必然结果。
千里之外一片桃林的空枝又会是怎样的情感?
阳伞遮掩的仕女脸庞白净,
但那位女商贩托起箱笼的膀臂也许更健美?
面对正趋闹热的鲜桃,
渴慕伟力的男子抚剑自惭出生就已白头。

1991. 7. 22

偶像的黄昏

遥远的兴都库什山里
西还的教主查拉图斯特拉累倒在巉岩大口吐血,
蒸发之血气在亘古的冰峰燃烧
好像波斯宫廷诗人热梦中寻求的郁金香。
他感觉弥留时刻的生命重又透射出那一黎明色。
但是血近枯竭,转瞬天黑。
西还的壮士感觉在遥远的东方海面
他所心仪的火鸟仍如常日冉冉升起。
一切都在意中:磨难于是也因爱力的完全消解而同归灭寂。

1991. 8. 3

这夜, 额头剧痛

这夜,额头剧痛如同夜灌田园。
鼾息轻匀荒芜了天空。极不真实。
我仰卧:荒诞总是一种悲壮的享受。
现在我听到了大提琴对钢琴的倾诉。
忧郁?那是为什么?怎样?从什么时候开始?
仰承呵息,答问如流,一如与良心对质。
现在我听到钢琴对大提琴抚慰了。
听到停顿。听到抢嘴辩白。听到劝解。
感到錾刀崩卷,思维的刻线在蓝水晶石料
留下警示性句读。
如何?怎的?又是怎的结局?
混茫。眼中包孕泪水如同消痛的乳剂。
哭是很舒服的事。死是很容易的事。
莎菲女士奈何在病榻叹息"死也这样难"?
人类总有致命的痼疾。总有飞短流长。
各人扮演一个艰难的自己。
软面具忧患莫测。硬面具有着宗教的意底。

而灾变在我情绪记忆总是蒙覆着梦的伪装。
而总见远祖散发披头翻滚斤斗疯狂飞越原野径自与洪峰夺
　路。……
现在我重又听到大提琴对钢琴的倾诉了。
揉啊，揉啊，一片风中的叶子柔柔地揉着。
脱掉纸人，我们自己裸露修补伤口，
剧痛的粉尘落在额头成为乡土高贵的文献。
溶溶晨光里一盏不熄的路灯骤然显得遥远。

1991.9.7—11

一幢公寓楼

　　一幢公寓楼纯洁而象征地存在于远郊。
　　不见汽车行驶。不见房客。球茎甘蓝长遍四野。
　　门窗相对深怀期待。石灰水残迹有阳光幻觉。
　　高墙庄重如泻，雅如蜂房巢脾。
　　人们是蜜蜂。如果说人们仅只是蜜蜂。
　　人们为什么又仅只是蜜蜂。

1991.9.13

拿撒勒人

穿长衫的汉子在乡村背后一座高坡的林下
伫候久久。……又是久久之后，
树影将他面孔蚀刻满了条形的虎斑。
他是田父牧夫？是使徒浪子？是墨客佞臣？
肩负犁铧走过去的村民
见他好似那个拿撒勒人。
穿长衫的汉子伫候在乡村背后一座高坡林阴，
感觉坡底冷冷射来狐疑的目光。
拿撒勒人感觉到了心头的箭伤。
而那个肩负犁铧走远的村民已尽失胸臆之平静。

1991. 11. 26

痛·怵惕

我知道施虐之徒已然索取赤子心底的疼痛。
——如果疼痛也可成为一种支付?

我看见被戕害的心灵有疼痛分泌似绿色果汁。
——如果疼痛正是当作一种支付?

那恶棍骄慢。他已探手囊中所得,
将那赤子心底型铸的疼痛像金币展示。
是这样的疼痛之代金。
是这样的疼痛之契约。
而如果麻木又意味着终已无可支付?
神说:赤子,请感谢恶。

1992. 2. 27

怵惕·痛

将军的行辕。
秣马的兵夫在庙堂厩房列次槽头扭摆细腰肢,
操练劝食之舞蹈并以柔柳般摇曳的一双臂,
如是撩拨槽中添置的料豆。
拒不进食的战马不为所动。
这是何等悲凉的场景。

秣马的兵夫一顺儿不懈地操演着同一劝食之舞蹈。
他们悲凉的脸蛋儿是女子相貌。
他们不加衣饰而扭摆着的下肢却分明
留有男子体征。我感其悲凉倍甚于拒食的战马。
这场景是何等悲凉。

秣马的兵夫从被自己体内膏火炙烤着的额头
不时摘取一绺髯口般吊搭的发束,
他们就如是舞蹈不辍,
而以烤熟之发束为食。

宛如咀嚼刍草。宛如咀嚼脑髓。

此一加餐是如何险绝而痛苦。

拒食的战马默听远方足音复沓而不为所动。

这又是何等悲凉的场景。

> 1992.3.2

圣桑《天鹅》

你啊，兀傲的孤客
只在夜夕让湖波熨平周身光洁的翎毛。
此间星光灿烂，造境遥深，天地封闭如一胡桃荚果。
你丰腴华美，恍若月边白屋凭虚浮来几不可察。
夜色温软，四无屏蔽，最宜回首华年，钩沉心史。
你啊，不倦的游子曾痛饮多少轻慢戏侮。
哀莫大兮。哀莫大于失遇相托之爱侣。
留取梦眼你拒绝看透人生而点燃膏火复制幻美。
影恋者既已被世人诟为病株，
天下也尽可再多一名脏躁狂。
于是我窥见你内心失却平衡。……
只是间刻雷雨。我忽见你掉转身子
静静折向前方毅然冲破内心误区而复归素我。
一袭血迹随你铺向湖心。
但你已转身折向更其高远的一处水上台阶。
漾起的波光泠泠盈耳乃是作声水晶之昆虫。
无眠。琶音渐远。

1992.3.9

峨日朵雪峰之侧

烘 烤

烘烤啊,烘烤啊,永怀的内热如同地火。
毛发成把脱落,烘烤如同飞蝗争食,
加速吞噬诗人贫瘠的脂肪层。
他觉得自己只剩下一张皮。

这是承受酷刑。
诗人,这个社会的怪物、孤儿浪子、单恋的情人,
总是梦想着温情脉脉的纱幕净化一切污秽,
因自作多情的感动常常流下滚烫的泪水。
我见他追寻黄帝的舟车,
前倾的身子愈益弯曲了,思考着烘烤的意义。
烘烤啊。大地幽冥无光,诗人在远去的夜
或已熄灭。而烘烤将会继续。
烘烤啊,我正感染到这种无奈。

1992.9.25 晨 5 时

晚云的血

请看,晚云的血……
我忽然想到先王的铜鉴或已生锈!
啊,是的,铜鉴生锈了,菌落斑驳覆满青铜。
我们无从体味母体的滋润了。

但你侧立打靶场向环靶扣机点发的短枪射手,
弹无虚发,阵阵滚雷雄气勃勃挟着硝烟推进,
像礼炮齐鸣滞涩地覆盖过城市屋宇。
文明地施暴,你有的是贵族青年的冷酷。
我们已无从指认故乡的畈田篱笆。

1992. 12. 20

踏春去来

想起春天呜咽的芦梗像是脆生生的指关节。
我深知从芦梗唇间吹奏的呜咽是古已有之的呜咽。
因此快些进入秋天吧。那时秋之芦梗将是成熟的了。

已经饱受生命之苦乐的芦梗将无惧霜风
而视死如归。只有春天的不幸最可哀矜。
因此快些进入秋天吧,对于一切侵凌秋是解毒剂。

1993.7.27

意义空白

  有一天你发现自己不复分辨梦与非梦的界限。

  有一天你发现生死与否自己同样活着。

  有一天你发现所有的论辩都在捉着一个迷藏。

  有一天你发现语言一经说出无异于自设陷阱。

  有一天你发现道德箴言成了嵌银描金的玩具。

  有一天你发现你的呐喊阒寂无声空作姿态。

  有一天你发现你的担忧不幸言中万劫不复。

  有一天你发现苦乐众生只证明一种精神存在。

  有一天你发现千古人物原在一个平面演示一台共时的戏剧。

1993. 8. 4

大街看守

无穷的泡沫，夜的泡沫，夜的过滤器。
半失眠者介于健康与不净之间，
在梦的泡沫中浮沉，梦出梦入。
街边的半失眠者顺理成章地成了大街的看守。

寡淡乏味，醉鬼们的歌喉
撕扯着人心，谁能对他们说教仁爱礼义？
一会儿是夜归人狠揍一扇铁门。
唢呐终于吹得天花乱坠，陪送灵车赶往西天。
安寝的婴儿躺卧在摇篮回味前世的欢乐。
只有半失眠者最为不幸，他的噩梦
通通是其永劫回归的人生。
但黎明已像清澈的溪流贯注其间，
摇滚的幽蓝像钢材的镀层真实可信，
一切的魑魅魍魉暂时不复困扰。

1993. 8. 18

薄曙： 沉重之后的轻松

薄曙之来予我三重意境：
步行者橐橐迫近的步履。
苇荡一轮惊鸟戛然横空。
漫不经心几响犬吠远如疏星寥落。

焦灼的日子留下焦灼的烙印，
一瞬黎明给予我清凉的油膏。

1993. 8. 28

享受鹰翔时的快感

痛快的时刻,一个烤焦的影子
从自己的衣饰脱身翱翔空际。
我,经常干着这样的把戏,
巧妙地沿着林海穿梭飞行。
奇怪,每一株树冠顶端必置放一只花盆。
我感觉自己是一只蹲伏在花盆的鹰。
我不想为自己的变形狡辩:这是瞬间逃亡。
永远的逃亡会加倍痛快,而这纯属猜想。
须知既已永远而去谁又曾回来复述其乐?
只有这一次我听到晨报登载一条惊人消息,
说是昨夜人们看到诗人只身翱翔在南疆天宇。
我怀着一个坏孩子的快乐佯装什么也不曾得知。

1994.3.29

凭吊： 旷地中央一座弃屋

一双逃亡的自由人断绝归路，
在旷地中央为自己弃下一座门窗砌死的方形屋宇。
凭吊遗址，我内心肃然。

但在你的词典，巧言者，
当美艳成为投机的筹码，
爱的赌徒已用屈辱与沉默绑紧自己的伤口。

1994.5.24